Oetinger

Tania Kjeldset, 1960 in San Francisco geboren, in Oslo aufgewachsen, studierte Illustration an der Staatlichen Norwegischen Kunst- und Handwerksakademie, wo sie 1989 ihr Diplom machte. Seitdem hat sie zahlreiche Bilderbücher und Romane illustriert und sich auch als Autorin einen Namen gemacht. Tania Kjeldset engagiert sich in Workshops und Lesungen in Schulen und Bibliotheken stark für die Leseförderung. Ihr Roman »Juli« wurde 2010 für den norwegischen Literaturpreis UPrisen, dessen Jury aus Schülern mehrerer neunter Klassen besteht, nominiert.

Tania Kjeldset

Juli

Deutsch von
Maike Dörries

Verlag Friedrich Oetinger · Hamburg

Die norwegische Originalausgabe erschien 2009
bei Cappelen Damm, Oslo, unter dem Titel »Juli«
Deutsch von Maike Dörries
Einband von Kristina Höhn, unter Verwendung eines Motivs
von Strandperle Medien Services
Druck und Bindung: CPI – Clausen & Bosse, Leck
Printed 2011
ISBN 978-3-7891-4049-5

www.oetinger.de

Schrøderøya, 12. August

»Da gehen Mikkel und Therese«, sagte Sara.

Sie standen auf der kleinen Steintreppe vor dem Laden. Die Luft war einen Hauch kühler geworden und um die Mülleimer schwirrten Wespen in trägem Spätsommerflug. An der Ladentür hing das alte Plakat, das Frau Meyer immer aufhängte, wenn die Ferien sich dem Ende entgegenneigten: Halber Preis auf alle Waren. *Elin und Sara hatten schon ein kleines Lager angelegt. Saras Kiefer mahlten konzentriert, während sie aufs Meer schaute. Elin folgte ihrem Blick. Therese und Mikkel liefen den kleinen Pfad entlang, der zum Hafen runterführte. Mikkel hatte seinen Arm um ihre Schulter gelegt. Seine Hand glitt über ihren Rücken nach unten und legte sich um ihre Taille. Sie hörte Saras Atem neben sich. Wahrscheinlich dachten sie das Gleiche. Wie es wohl wäre, Hand in Hand mit Mikkel den Pfad entlangzuspazieren.*

Sie empfand es fast als eine Erleichterung, dass die Ferien bald zu Ende waren. In ein paar Tagen würde Elin wieder nach Hause fahren. Sie würde in der Neunten anfangen und bald vergessen, wie es war, vierzehn zu sein. Sie wünschte sich, sie säße bereits im Auto, das auf die alte Fähre fuhr. Sie würde sich die ganze Fahrt in die Stadt mit Håvard streiten, wie immer. Und in einem Jahr würde sie wieder auf die Insel kommen. Aber dann wäre sie eine andere. Nicht innerlich. Aber ihr Körper würde anders aussehen.

Sara beschwerte sich, wie langweilig es wäre, jetzt, wo die meisten Feriengäste schon wieder abgereist waren. Sie fingerte an der neuen Kamera, die ihr Vater ihr am Tag zuvor geschenkt hatte. Sie hatte nicht Geburtstag, das war einfach so. Hier hast du eine Kamera, bitte sehr. Sie knipste eine Reihe Bilder, um die Einstellungen auszuprobieren, schien im Übrigen nicht sonderlich interessiert an der Kamera. Wahrscheinlich war das so bei Sachen, die man ohne besonderen Grund bekam, dachte Elin, sie bedeuteten einem nicht so viel wie etwas, das man sich wirklich gewünscht hat.

Sara richtete die Kamera auf sie, hielt sie ein wenig schief und drückte ab. Sie machte zwei Bilder.
»Du siehst genervt aus«, sagte sie.

War das ein Wunder? Es passierte einfach nichts. Über dem Ort lag ein ungemütlich dichter Dunst, weder Sonne noch Wolken, zu kalt, um an den Strand zu gehen. Abends war der Himmel schwarz und erfüllt vom Zirpen der unzähligen Grashüpfer. Und der kalte Hauch in der Luft hatte nichts mehr mit Sommer zu tun.

»Sie biegen auf den Küstenpfad nach Rønna ab.« Sara sah sie an. »Bestimmt wollen sie poppen.«
Sie grinste und drehte sich um, aber außer ihnen war niemand dort, und niemand außer Elin hörte, was sie sagte.

Es war Saras Idee, den beiden zu folgen. Sie hatten eh nichts Besseres vor. Das alte Badehaus lockte all diejenigen an, die nicht gesehen werden wollten. Gebrauchte Kondome, zerschlagene Flaschen und eine alte Matratze verrieten, wofür der Platz genutzt wurde. Zum Baden ging eigentlich niemand mehr nach Rønna, weil die Strömung dort so viel Zeug an Land spülte. Glasscherben, Müll und dubiose, vom Salzwasser glatt geschliffene Gegenstände. Trotzdem war noch niemand darauf gekommen, das alte Badehaus abzureißen. Es gab Gerüchte von wilden Orgien, die dort stattfanden.

Der feuchte Waldboden war von Farnkraut überwuchert. Überall hüpften kleine Frösche herum. Viele waren auf dem Pfad zu platten, schleimigen Häufchen zerquetscht. Elin versuchte, nicht auf sie zu treten. Weit vor sich hörten sie Mikkels Stimme und Thereses helles Lachen. Sara stapfte zügig den Pfad entlang, den Arm um die hellblaue Schultertasche gelegt. Elin folgte ihr. Sie konnten jederzeit umdrehen.

Rønna klammerte sich trotzig an einen kleinen Felshang, unheimlich und lockend zugleich. Sie duckten sich hinter Dornengestrüpp. Hielten Abstand. Hockten da und warteten.

Therese stand auf einem Felsen und schaute aufs Meer hinaus. Sie sammelte ihr Haar zu einem Pferdeschwanz im Nacken.
»Die Tür ist offen!«, rief Mikkel vom Badehaus herauf.
Ein Windstoß wirbelte sein weißblondes Haar durcheinander. In ein paar Tagen wurde er sechzehn, aber er hatte immer schon älter ausgesehen, als er war. Er schlug mit der Hand gegen den Türrahmen.
»Beeil dich!«
»Aber wenn jemand kommt …«
»Wer sollte hierherkommen?«
Therese antwortete nicht. Sie ging langsam zum Badehaus hinunter. Mit jedem Schritt erinnerte sie mehr an die alte Therese, wie Elin sie vom letzten Jahr in Erinnerung hatte, mit gebeugtem Rücken, fest geflochtenen Zöpfen und verschlossenem Gesicht. Nicht gewohnt, mit anderen Leuten als den Gemeindemitgliedern zusammen zu sein. Jehovas Zeugen.
»Ich weiß nicht«, sagte Therese und blieb vor der Tür stehen. Aber dann ging sie doch in das Badehaus. Saras Atem kitzelte in Elins Ohr.
»Glaub mir, hier kommt niemand her.«
Das stimmte nicht. Sie und Sara waren hier.

Sie schlichen durchs Gras. Weit oben an der einen Schmalseite war eine winzige Fensterluke. Sara bog um die Hausecke und kam mit einem verwitterten Gartentisch zurück, den sie leise vor der Wand abstellte.

»Halt mal«, sagte sie, bevor sie auf den Tisch kletterte.
Elin hielt den Tisch fest. Insekten und Käfer ließen sich von der Tischplatte fallen. Auf ihrem kleinen Finger saß eine grüne Larve. Sie schüttelte sie ab. Aus dem Badehaus war ein lautes Klirren zu hören. Vielleicht eine Gürtelschnalle, die auf den Boden gefallen war. Oder was ganz anderes. Sie hörten Mikkels Stimme durch die Wand. Therese sagte nichts. Elin starrte auf Saras braun gebrannte Beine. Sie stand auf Zehenspitzen, konnte durch das verdreckte Fenster aber wahrscheinlich nicht viel sehen. Eigentlich total bekloppt, was sie hier machten. Sie hatten hier nichts zu suchen.
»Ich will gehen, Sara.«
»Warte.«
Sara schob die Hand in die Tasche.
Es war passiert, ehe Elin protestieren konnte. Zuerst der Blitz und dann ein metallisches Klicken. Die Kamera in Saras Hand. Sie und Sara, die zum Wäldchen stürmten. Thereses Schrei.
Und etwas später: Mikkels Rufe, die übers Wasser schallten.
»Ich bring dich um! Wenn ich dich erwische, schlag ich dir den Schädel ein!«
Aber da hatten sie längst die schützenden Bäume erreicht.

Die Kamera baumelte von Saras Hand. Sie blieb stehen und schnappte nach Luft. Beugte sich vor und stützte sich mit den Händen auf den Knien ab.
»Warum hast du das getan?«, fragte Elin.

»Entspann dich. Sie haben nicht gesehen, dass wir es waren.«
»Wir?«
Sara nahm die Kamera hoch und suchte das Bild.
»Ich dachte, du kannst Therese auch nicht leiden«, sagte sie und starrte auf das Display.
»Habe ich das je gesagt? Mein Gott, Sara!«
»Er ist nackt«, sagte Sara und grinste. »Willst du mal sehen?«
Elin sah ihr in die Augen. »Nein.«

Erst jetzt fiel Elin auf, dass es angefangen hatte zu regnen. Ein stiller, feiner Regen. Auf der einen Wange war ein wenig von Saras Wimperntusche verlaufen. Wassertropfen glitzerten in ihrem dunklen Haar, das ein bisschen wie Stahlwolle aussah. Sie hielt die Kamera mit beiden Händen vor sich, wie eine Trophäe, einen Siegerpokal. Aber es klatscht niemand, dachte Elin, und ich will ihn nicht mit ihr teilen. Ich kann mir denken, wie das Bild aussieht, will es gar nicht wissen. Wenn ich es sehe, häng ich mit drin.

Sara schien ihre Gedanken zu lesen, weil sie plötzlich einen Satz nach vorne machte und Elin die Kamera vor die Nase hielt.
»Jetzt hast du es auch gesehen«, sagte sie mit einem abgehackten Lachen. »Jetzt ist es zu spät.«

Ja, zu spät. Mikkels Pobacken, weiß und fremd, eine Hand auf Thereses nackter Brust. Ihre Augen. Ängstlich. Elin drehte sich weg. Aber das half auch nicht. Das Bild hatte sich für immer auf ihrer Netzhaut eingebrannt.

Oben am Laden trennten sich ihre Wege. Sara würde am nächsten Tag abreisen. Elin bat sie, das Bild zu löschen.
»Klar.«
»Und du zeigst es niemandem?«
»Ich bin doch nicht bescheuert.«
Sara lachte. Es war etwas Unheimliches in dem Lachen, wie der Hauch aus einem feuchten Keller.

Schrøderøya. Der Sommer danach.

I

»Ist hier noch frei?«

Dunkle Ponysträhnen rutschen ihm vors Gesicht, als er sie mit seinen blauen Augen anschaut und auf den Sitz neben ihr zeigt. An seinem Handgelenk baumelt eine kleine Plastiktüte von Norli. Sonst hat er nichts dabei, keine Tasche und keinen Rucksack.

»Ja, klar.«

Elin nimmt ihren Rucksack auf den Schoß und legt die Jacke darüber. Wirft einen Blick zu ihrem Koffer, der im Mittelgang steht. Davor die Tasche von Håvard. Der Busfahrer gibt Gas und fährt aus dem Fährhafen. Wenn sie Glück hat, bleibt der Koffer stehen. Wenn der Fahrer nicht wie die letzte Sau fährt. Das kommt vor, bei den jüngeren.

Der Junge setzt sich neben sie, sie fühlt seine Schulter an ihrer und lehnt sich etwas weiter zum Fenster. Er zieht seine Jeansjacke aus und legt sie über seine Beine. Die Bewegung löst einen Luftzug aus, der ihr Gesicht streift, ein Duft, der an Teer erinnert oder Beize. Elin schaut aus dem Fenster. Da draußen liegt der Fjord, glatt und blank.

Bald wird sie in das kühle Wasser tauchen. Das Salz auf den Lippen schmecken. Sie freut sich darauf.
Die Luft ist dick und voller Gerüche. Schweiß und Reisestaub. So ist es immer. Es ist Juli und Sommer auf Schrøderøya und die alten grünen Busse haben keine Klimaanlage.

Håvards Kopf ragt über die Rückenlehne vor ihr. Oh Mann, was er wieder an seinen Haaren rumfummelt! Er zieht jede einzelne Locke mit den Fingern lang. Elin starrt eine Weile auf seine Hand. Unmöglich, es bleiben zu lassen, dieses Gefummel geht ihr extrem auf die Nerven.
Sie lehnt sich nach vorne. »Musst du das die ganze Zeit machen?«
Er dreht sich um, natürlich, kniet plötzlich vor ihr, genervt von drei Stunden Reise. »Und musst du mir so ins Ohr plärren?«
Sie probiert es mit Pantomime, verdreht die Augen und zieht sich am Haar. Merkt plötzlich, dass der, der neben ihr sitzt, sie aufmerksam anguckt.
»Sag schon, was du willst!«
»Nichts, Håvard. Gar nichts.«
Håvard wirft sich mit einem demonstrativen Stöhnen zurück auf seinen Sitz und macht mit der blöden Fummelei weiter.
Der Junge sieht sie an und lächelt. »Dein Bruder?«
»Hm.«

»Mag er keine Locken?«
»Er hasst sie.«
Er nickt und sein Blick gleitet an ihr vorbei aus dem Fenster. Seine Stimme klingt in ihrem Ohr nach. Tief. Sie fahren an der weißen Kirche vorbei, einem gelben Feld, Eichenwald … Es ist schön hier und staubig. Friedlich. Das Einzige, was das vertraute, gute Gefühl stört, ist der Gedanke an Sara und das, was letzten Sommer beim Badehaus passiert ist. Eigentlich ist es so lange her, aber ihr Gesicht fängt immer noch an zu glühen, wenn sie an Mikkel und Therese in dem alten Badehaus in Rønna denkt. Das Foto. Ihr graut davor, die beiden wiederzusehen.

Der Junge neben ihr hat lange Beine, er kann kaum die Knie hinter den Vordersitz klemmen. Schon lustig, die kleine Tüte und der lange Mensch. Elin überlegt, was in der Tüte sein könnte. Ein paar Bleistifte, vielleicht ein Buch oder ein Block, was Eckiges auf alle Fälle. Seine Hände umschließen die Tüte. Sie betrachtet sie eine Weile. Da fährt der Bus eine scharfe Rechtskurve, und es passiert genau das, was sie befürchtet hat – ihr Koffer kippt mit einem lauten Knall um.

Der Junge ist mit einem Satz im Mittelgang und stellt ihn wieder auf seinen Platz. Rückt auch gleich Håvards Tasche zurecht. Sie bedankt sich bei ihm.
»Keine Ursache«, antwortet er.

Und wieder fühlt sie seine Schulter an ihrer, aber diesmal rückt sie nicht weg. Sie bleibt sitzen und spürt die Wärme, die sein Körper ausstrahlt. Es gefällt ihr. Außerdem sitzen hier alle so. Eng.
Håvard dreht sich zu ihr um und meckert. »Du solltest doch auf das Gepäck aufpassen.«
Der Junge sieht sie wieder an und lächelt. Sie atmet tief ein und schaut aus dem Fenster. Ihr Gesicht glüht. Sie kann sich ein Lächeln nicht verkneifen, als würde jemand ihre Mundwinkel nach oben ziehen.

Er steigt eine Haltestelle vor ihnen aus. Elin entdeckt Georg drüben bei den Postkästen. Er steht über den Lenker seines Diamantenfahrrades gebeugt da. Georg steht immer bei den Postkästen, wenn Feriengäste mit dem Bus kommen. Elin kann sich Schrøderøya ohne den merkwürdigen Sohn von Edmund Dal nicht vorstellen. Jetzt winkt er dem Jungen mit der Norli-Tüte zu. Der geht lässig auf Georg zu und legt ihm eine Hand auf die Schulter. Fischt etwas aus der Tüte und gibt es ihm. Ein Schokoriegel.
Georg reißt das Papier ab und schiebt die Schokolade in den Mund. Der Motor hustet, als der Bus von der Haltestelle rollt. Der Junge dreht sich um und schaut zu dem Fenster, hinter dem sie sitzt. Nickt. Dann kann sie ihn nicht mehr sehen. Zwei kalte Schweißtropfen laufen an der Innenseite ihres Armes herunter. Das Sitzpolster fühlt sich klamm und feucht an der Haut an.

Håvard beugt sich über den Sitz und sieht sie an. »Aha!«
»Wieso *Aha*?«
»Wer war das?«
»Woher soll ich das wissen?«
»Und warum grinst du so?«
»Dreh dich um, Håvard!«
Elin schließt die Augen und für einen kurzen Moment erinnert sie sich nur an seine Hände. Große Hände, groß genug, um einen Kopf zu halten, denkt sie.

2

Es gibt drei Dinge, die ich gut kann, denkt Kato. Ich kann rudern, ich zeichne ganz passabel … Er sieht zu Georg rüber, der mit den Armen fuchtelt, um eine Bremse zu verjagen. Und drittens habe ich ein ziemliches Talent, auf Schwachköpfe aufzupassen. Das hätte ich nicht gedacht. Er folgt dem Ruderblatt mit dem Blick, als es die Wasseroberfläche durchstößt, von Wasser umhüllt und wieder freigegeben wird. Er rudert in einem gleichmäßigen, raschen Tempo, macht sich mit den Schären vertraut. Inzwischen weiß er, wo die schönsten Strände sind, und steuert alle Stellen an, die einen Ausflug wert sind, Inseln, auf denen man ein Zelt aufschlagen könnte. Wenn er eins hätte. Vielleicht kann Edmund Dal ihm eins leihen.

Kato legt die Ruder in die Dollen. Vor ihm liegt die Rellingbucht mit ihren hellbraunen und grauen Felsen. Die Menschen dort sehen aus wie kleine nackte Tiere, die vom Himmel gefallen sind. Ein Mädchen steht auf und geht runter zum Steg. Sie trägt einen roten Badeanzug und macht einen Kopfsprung ins Wasser. Bauchklatscher. Das dürfte wehgetan haben.

Er hat sie am Morgen gesehen. Das Mädchen, das im Bus neben ihm gesessen hat. Sie saß auf einer Schaukel auf dem Nachbargrundstück und hat gelesen. Er hatte nicht damit gerechnet, sie wiederzusehen, und dann noch sozusagen direkt vor seiner Haustür. Aber er hatte sich auch gefreut,

ohne genau sagen zu können, wieso. Vielleicht war er deswegen auch im Wohnwagen geblieben und hatte sie von dort aus beobachtet. Sie hatte nicht gemerkt, dass er dort stand. War in ihr Buch vertieft und schaute keinmal auf. Er hatte kurz überlegt, ob er rausgehen sollte, um sie auf dem Weg zur Haustür *zufällig* zu entdecken und den Überraschten zu spielen. Dann konnte er sie begrüßen und irgendetwas sagen. Aber vielleicht auch nicht. Außerdem rief in dem Moment jemand von der Terrasse des Nachbarn. Es ergab sich also nicht.
Sie heißt Elin.

Sie rutschte von der Schaukel und ging zur Terrasse. Ihr blauer Rock hatte vorne zwei große Taschen, war aber etwas zu kurz. Sie blieb stehen und zog daran, als wollte sie ihn länger ziehen. Aber er war zu klein, das sah er auf den ersten Blick. Er drehte sich vom Fenster weg, dachte, dass es ihr sicher nicht gefallen würde, beobachtet zu werden, während sie so an ihrem Rock herumzupfte.

Georg beugt sich vor und starrt auf den Boden. Seine Schwimmweste ist zu eng, sie schiebt sein Kinn nach oben, sein fülliges Gesicht sieht ganz gepresst aus. Die Augen verschwinden fast hinter den Hautfalten. Das sieht komisch aus, ist aber nicht zum Lachen. Über Georg kann man nicht lachen.
»Frierst du, Georg?«

Georg schüttelt den Kopf und grummelt leise. Er hat Angst vor Wasser. Will nicht mal die Hand reinstecken, um die Temperatur zu prüfen. Es ist ganz schön anstrengend, Edmund Dals schweren Sohn mit im Boot zu haben. Er sagt fast nichts. Aber er ist Teil des Deals. Dal hat Kato erlaubt, das Boot so oft zu nutzen, wie er will, wenn er hin und wieder Georg mitnimmt. Das ist in Ordnung. Kato hat noch nie ein Boot gehabt. Hatte nie die Hoffnung, jemals eins zu haben. Und jetzt sitzt er plötzlich hier, in diesem abenteuerlichen alten Kahn. Wer hätte das vor einem Monat gedacht? Im Grunde genommen ist es ihm ganz recht, dass Georg die meiste Zeit den Mund hält. Dann muss er auch nicht reden. Kann seine Kräfte fürs Rudern sparen und sich vorstellen, dass es sein eigenes Boot ist. Oder gar nichts denken. Einfach nur rudern, zu den Inseln …

3

»Nicht umdrehen«, sagt Sara.

Sie liegt auf dem Bauch, das Gesicht dem Steg zugewandt, und redet ohne Punkt und Komma. Die Worte quellen unablässig zwischen ihren glänzenden Lippen hervor. Platzen wie rosa schimmernde Seifenblasen in der Luft.

»Elin? Hörst du mir zu?«

Sara nimmt ihr das Buch aus der Hand. Elin schirmt die Sonne mit der Hand ab. Widersteht dem Drang, Sara das Buch wieder wegzunehmen.

»Was soll ich nicht?«

»Du sollst dich nicht umdrehen, habe ich gesagt!«

»Warum nicht?«

Sara beugt sich zu ihr und sagt leise: »Das kann ich dir erst sagen, wenn du versprichst, dich nicht umzudrehen.«

»Ich liege doch ganz friedlich hier.« Elin seufzt.

Neben ihr rekelt Sara sich auf ihrem hellblauen Badetuch. Weißer, leuchtender Bikini über bronzebraunen Sommerbeinen. Sara ist immer auf Sommer und Strandleben vorbereitet. Elin hat sich schon manchmal gefragt, ob sie auch im Winter so aussieht. Sie hat Sara noch nie mit bleicher Winterhaut oder rot verschnupfter Nase gesehen.

Sara schnappt sich das Sonnenspray und bittet Elin, ihr den Rücken einzureiben. Elin verteilt das Spray und verreibt es auf Saras schlankem Rücken, der sich warm und ein bisschen feucht unter ihren Händen anfühlt. Sie macht es nachlässig und ungeduldig. Irgendetwas hat sich zwischen sie geschoben, eine Lustlosigkeit, ein irritierendes Ziehen in Elins Brust. Jedes Mal, wenn sie Sara ansieht oder Sara etwas zu ihr sagt. Dann ist es da. Das Ziehen. Irgendwie finden sie in diesem Jahr nicht den richtigen Ton.

»Immer liest du«, beschwert sich Sara. »Glaubst du, die Welt ist wirklicher zwischen zwei Buchbänden?«
»Vielleicht.«
»Im Ernst, Elin, das glaubst du doch selber nicht.«
»Warum soll ich mich nicht umdrehen?«
Sara dreht sich auf die Seite und zieht eine zerknitterte Zeitschrift unter ihrem Bauch hervor. In diesem Jahr sind große Sonnenbrillen angesagt, die nicht nur die Augen bedecken, sondern fast das ganze Gesicht. »Weil er zu uns rüberguckt.«
»Wer?«
»Er steht schon eine ganze Weile auf dem Steg und beobachtet uns. Dreh dich ja nicht um.«
»Sara, von wem redest du?«
»Von einem Jungen. Ich weiß, wer er ist. Er heißt Kato.«

Sara erzählt Elin, dass Kato und seine Mutter den Anbau und den Wohnwagen gemietet haben, der in Edmund Dals Garten steht. Sie sind schon einige Zeit da. Sogar das Boot darf er sich ausleihen. Meistens ist er mit Georg un-

terwegs. Von seiner Mutter bekommt man nicht viel mit. Hauptsächlich ihre Unordnung. Eine Staffelei und alte Leinwände, die im Garten verstreut liegen.
»Sie ist Künstlerin oder so was«, meint Sara.
Elin dreht sich auf den Rücken. Das könnte er sein. Der Junge aus dem Bus. Sie spürt ein leichtes Prickeln im Körper. Der Himmel ist unwirklich blau, fast wolkenlos, nur ein paar Kondensstreifen. Normalerweise sehen die Jungs Sara. Immer nur Sara. Neben ihr ist es nicht leicht, zu leuchten.

»Mama und ich sind gestern an Grimsøya vorbeigefahren«, erzählt Sara. »Er ist auf der Insel rumspaziert, während Georg im Boot wartete. Splitternackt! Ich hab ein Foto von ihm gemacht.«
»Was soll das?«
»Ist doch lustig. Warte, ich …«
Sara sucht die kleine Pocketkamera aus ihrer Strandtasche. Sie sieht nicht mehr neu aus, hat ein paar Kratzer abbekommen. Dann hat sie offenbar doch nicht in einer Schublade gelegen, wie Elin dachte. Sie haben das, was im letzten Jahr passiert ist, noch mit keiner Silbe erwähnt. Aber es scheint Sara nicht weiter zu belasten, da sie immer noch solche Bilder macht.
»Kommst du dir nicht bescheuert vor, Fotos von nackten Menschen zu machen?«
Sara steckt die Kamera zurück in die Tasche. Richtet sich

halb auf und sieht runter zum Steg. »Jetzt hat er uns den Rücken zugedreht«, sagt sie kurz. »Sie wollen weiter.«
Elin erkennt ihn an den langen Beinen wieder. Und an dem schulterlangen, dunklen Haar. Die nassen Hosenbeine kleben an seinen Oberschenkeln wie glänzende Fischschuppen. Er bückt sich und löst die Vertäuung. Springt ins Boot und setzt sich an die Ruder. Das grüne Boot durchschneidet die stille See in Richtung Storeskjær. Sein Gesicht ist bald nur noch ein helles Oval im dunklen Rahmen seiner Haare.
Håvard springt plötzlich von einem Felsen und steht vor ihr. Er klappert mit den Zähnen.
»Da bist du ja«, sagt er. »Eben hab ich den Typ aus dem Bus getroffen, er hat mich wiedererkannt. Und er hat gefragt, ob du auch hier bist. Jetzt ist er wieder weg. Typisch, Elin.«
»Von wem redet Håvard?«, will Sara wissen.
»Keine Ahnung. Von irgendeinem Jungen.«
Håvard sieht sie an und verdreht die Augen. »Er wusste sogar, wie du heißt«, sagt er und rennt weg.

4

Georgs Kopf ruht schwer auf der Schwimmweste, die dicken Wangen hängen. Der Sonnenhut fällt wahrscheinlich gleich runter, ein gelbes, pottartiges Teil, das eigentlich viel zu klein für ihn ist. Aber mit irgendetwas muss er ja seinen Kopf schützen und kühl halten. Und zu baden weigert er sich, der Dummkopf.

Kato stemmt sich mit den Füßen ab, legt sich in die Riemen und spürt den Druck auf die Oberarme. Er mag das, die Bewegung des Bootes, den Widerstand des Wassers, dass er das zustande bringt. Er rudert nie weiter raus, als dass er nicht jederzeit zurückrudern könnte. Das ist Teil der Absprache. Hier draußen kann das Wetter in wenigen Minuten umschlagen, und die Vorstellung, bei einem Sturm mit Georg auf dem aufgewühlten Meer zu sein, ist nicht sehr verlockend.

Er nimmt die belegten Brote aus der Jackentasche und isst eine Scheibe. In der Tasche steckt auch noch die Anzeige, die seine Mutter in der Zeitung entdeckt hat. Die Henny und ihn raus nach Schrøderøya geführt hat, zu Edmund Dal und Georg. Eine Anzeige von nur wenigen Zeilen. Ein Zufall. Kato knüllt das Papier zusammen, überlegt es sich anders und streicht es wieder glatt. Braucht es nicht zu lesen, weil er es auswendig kann.

Anbau mit kleiner Küche, Bad und Wohnwagen für ganzen Sommer zu vermieten in idyllischer Umgebung und Meer-

nähe. Niedrige Miete gegen kleine Dienste wie leichte Gartenarbeit, Putzen des Wohnhauses u. Ä. Boot verfügbar. Edmund Dal, Tel. 95275485.

Er hatte sich ein rotes Haus mit großer Glasveranda vorgestellt, alte Apfelbäume. Aussicht auf das Meer mit kleinen Inseln. Rosensträucher und ein Wohnwagen der größeren Sorte. Hatte er gedacht.

Der alte Garten war die reinste Wildnis, in dem ein verbeulter alter Wohnwagen stand. Weißes Wohnhaus mit kleinem Windfang und rot gestrichenem Anbau, der früher einmal der Vorratsschuppen gewesen war. Keine Apfelbäume. Aber Rosen gab es, sie wuchsen mit dem Unkraut um die Wette. Es gefiel ihm trotzdem. Alles, was er sah, gefiel ihm.

Eigentlich hatte er keine Lust gehabt, hierherzufahren. Normalerweise machten sie nicht so lange Ferien. Dafür fehlte seiner Mutter Henny meist das Geld. Sie hatten schon häufiger für ein oder höchstens zwei Wochen eine Hütte auf einem Campingplatz gemietet, am Meer, jeden Sommer an einem anderen Ort. Sie hatten nie irgendwelche Leute kennengelernt. Na ja, Henny schon, sie fand immer jemanden, mit dem sie feiern konnte. Aber Freundschaft war das nicht, auch wenn es auf den ersten Blick so aussah, wenn sie und die neue Bekanntschaft vor der

Hütte saßen und die Gläser nachfüllten. Jedes Jahr neue Namen und Gesichter, witzlos, sich einen davon merken zu wollen. Sie sahen sie ja doch niemals wieder.

Boot verfügbar. Das hatte ihn gereizt. Der Gedanke, ein Boot zu haben. An Land zu gehen, wo er Lust hatte. Einen Platz zu haben, wo er ganz alleine war. Darum hat er Ja gesagt, als Henny ihn fragte, ob sie Edmund Dal anrufen sollte.

Sie hätte nachgedacht, sagte sie. Sie war wieder in Gang gekommen. Auf der Arbeitsplatte lagen Stapel von Skizzen, und sie meinte, sie wäre in einer guten Phase. Sie wollte wieder anfangen zu malen. Das hatte sie schon öfter gesagt. Aber jetzt könnte es was werden, sie sah es vor sich. Kato könnte im Wohnwagen wohnen, hätte den Wagen für sich allein, wäre das nicht was? Und sie würde den Anbau nehmen. Für eine geringe Miete gegen leichte Arbeiten, das war doch ein guter Deal. Dann könnten sie es sich leisten, länger zu bleiben. Manchmal muss man etwas wagen, Kato, hatte sie das nicht gesagt?

Er hatte sich nur wegen des Bootes darauf eingelassen. Und wenige Wochen später saßen sie im Zug nach Süden, Kato mit einer Tasche voller Kleider, ein paar Krimis aus der Bibliothek und Zeichenutensilien für einen Monat. Henny mit zwei riesigen Koffern und einem Rucksack; mit einer chaotischen Mischung von Dingen, die sie brauchte, und solchen, die sie nur sicherheitshalber mitnahm. Er hatte nie begriffen, nach welchem Prinzip sie packte. Ihre Angst, etwas Wichtiges zu vergessen. Was sollte das sein? Was konnte so wichtig sein, dass man es nicht in jedem Ort in Sørlandet bekam?

Edmund Dal schlug die Hände zusammen und lachte, als er das viele Gepäck sah. Er war ein wuchtiger Mensch mit großen Händen und einer dunkelblauen Schiffermütze, die er tief in die sonnengegerbte Stirn gezogen hatte. Dal hatte sie mit seinem alten Kombi am Fähranleger abgeholt und sein Händedruck war felsenfest. Er verstaute das Gepäck in seinem Wagen, die Staffelei und Hennys Malsachen, die Koffer und den Rucksack. Dann machte er ihnen Platz auf der Rückbank, fegte ein paar Comics, Eisstäbchen und Schokoladenpapier vom Sitz. Ein paar Werkzeuge wanderten auf den Beifahrersitz. Er erzählte, dass er Schreiner sei und Hütten und Häuser auf der Insel instand hielte und renovierte.

Edmund Dal redete in einer Tour während der Fahrt. Er zeigte aus dem Fenster: Da ist das Kino und da die Kirche und da drüben war früher eine Reitschule, aber die hat zugemacht, ihr müsst nur sagen, wenn ihr irgendwohin gefahren werden wollt …
Henny räusperte sich leise und sah aus dem Fenster. Ihre Hände zitterten. Und sie schaffte es nicht. Schaffte es

nicht zu warten, bis sie angekommen waren, bis sie sich mit ihrem Gepäck eingerichtet hatten, bevor sie sich ein wenig umgesehen hatten und wussten, wo der Laden und der Briefkasten und der kürzeste Weg zum Meer waren. Bereits im Auto musste sie es wissen.
»Gibt es auf der Insel einen Spirituosenladen?«
Dal guckte sie über den Rückspiegel an. Eine Fliege krabbelte über Katos Hosenbein. Er wischte sie weg.
»Nein, den gibt es nur in der Stadt, aber es fährt ja eine Fähre. Und Bier kriegen Sie im Inselladen. Für den Notfall.« Er lächelte und zwinkerte Kato zu.
Kato sah aus dem Fenster. Zwei Fjordpferde mit kräftigen Nacken standen auf der Weide und blinzelten. Henny starrte auf ihre Beine und hielt für den Rest der Fahrt glücklicherweise den Mund. Dal sagte eine Weile auch nichts mehr.

»Ja, und dann wäre da noch Georg«, sagte Edmund Dal.
»Georg?«
»Ja, er freut sich riesig auf euch.«
Henny rutschte unruhig auf ihrem Platz hin und her, ihr gelber Pulli hatte dunkle Ringe unter den Achseln. Sie waren jetzt fast fünf Stunden unterwegs.
»Wer ist Georg?«, fragte sie.
»Mein Sohn«, antwortete Dal. »Besser, ich sage es gleich, dass es nicht wie eine Bombe einschlägt. Georg hat einen Hirnschaden. Und seine Mutter ist tot. Sie ist letztes Jahr

gestorben. Er ist ziemlich pflegeleicht, aber es tut ihm gut, wenn ab und zu mal Gäste kommen. Damit es nicht gar so einsam für ihn ist. Den größten Teil des Jahres lebt er in einer Einrichtung, aber den Sommer über habe ich ihn gern bei mir zu Hause. Im Großen und Ganzen geht das gut. Georg wird bald 25. Er hat im August Geburtstag.« Dal hustete. »Er hat nicht einmal geweint, als seine Mutter gestorben ist. Saß nur reglos auf der Treppe mit seinen alten Comics. Aber er ist kein schlechter Junge. Es gibt nur so vieles, das er nicht versteht.«
Kato nickte, aber das konnte Dal auf dem Fahrersitz ja nicht sehen, also sagte er: »Wie traurig.«
Edmund Dal nickte auch. »Traurig, ja, das war traurig.«
Es wurde still im Auto. Edmund Dal sah Kato über den Rückspiegel an und fuhr fort: »Den Wohnwagen habe ich von meinem Vetter übernommen, als er letzten Winter sein Haus auf der Insel verkauft hat. Im Herbst werde ich ihn verschrotten, aber den Sommer über darf er noch stehen bleiben. Ist ja nicht gerade ein Schmuckstück, um es mal so zu sagen.«
Edmund Dals Augen. Strahlend blau zwischen all den Falten und Runzeln. Wie das Meer, das immer wieder zwischen Feldern und Eichenwäldern aufblitzte. Jetzt blinzelte er Kato über den Spiegel zu. »Wie alt bist du, Kato?«
»Sechzehn.«
»Willst du im Wohnwagen wohnen? Ein bisschen Privatleben wäre doch nicht schlecht, oder?«

»Schon …«
Kato starrte auf seinen sonnengebräunten Nacken, breit und stämmig und nicht so schnell zu brechen, und er stellte fest, dass er bereits begann, Edmund Dal zu mögen. Seine direkte Art zu reden. Ohne Umschweife. Er sah seine Mutter an. Ihr ging es wohl nicht ganz so, so wie sie sich gegen die Rückenlehne presste und angestrengt lächelte.

Gleich darauf bogen sie auf das Grundstück von *Gamlehagan*. Auf der Treppe vor dem Wohnhaus saß ein kräftiger Kerl mit einer kleinen Flagge in der Hand. Als sie auf das Grundstück fuhren, stand er auf und blieb in Habachthaltung stehen. Als Kato die Autotür aufmachte, streckte er den Arm über den Kopf und begann eifrig, die Flagge zu schwenken. Das war Katos erste Begegnung mit Georg.

»Ach, übrigens«, sagt Sara. »Mikkel und Therese sind nicht mehr zusammen.«

Elin schaut von ihrem Buch hoch. Nicht mehr zusammen? Aber sie waren doch so verliebt.

Sara scheint das nicht weiter zu überraschen. Sie weiß es vielleicht schon eine Weile, ist ja bereits seit zwei Wochen hier.

»Seit wann?«

»Irgendwann im Winter, glaube ich. Anton hat es erzählt.«

»Aha.«

»Jetzt freust du dich, stimmt's?«

»Warum sollte ich?«

»Was für eine Frage!« Sara stupst Elin an. »Gib schon zu, dass du ihn magst!«

»*Du* bist in Mikkel verliebt, Sara.«

Sara lacht nur. Sie dreht sich auf den Bauch und sagt, dass Mikkel und Therese so oder so nicht zusammengepasst hätten. Früher oder später wäre sowieso Schluss gewesen.

Elin schließt die Augen. Sie hat Therese das letzte Mal beim alten Badehaus in Rønna gesehen. Ein zerbrechliches, unsicheres Wesen. Ihren spitzen, hohen Schrei aus dem Badehaus wird sie niemals vergessen.

Sie hießen nur »Die Zeugen«. »Da gehen die Zeugen«, wurde geflüstert, wenn Therese und ihre Mutter am Strand spazieren gingen. Therese hatte das Haar meist eng am

Kopf geflochten, wodurch ihr Gesicht kantig und streng wirkte. Die Zeugen blieben unter sich. Und Therese war die Einzige von ihnen, die mal baden ging. Ihre Mutter sah aus, als hätte sie den längsten Teil ihres Lebens im Haus verbracht. In der Regel saß sie auf einer Bank, wenn Therese badete, das Gesicht in einer Zeitschrift vergraben, dem *Wachtturm*. Aber sie waren nicht oft am Strand. Thereses Vater wartete solange in einem roten Ford vor dem Laden. Elin hatte ihn ein paarmal dort gesehen. Sie konnte sich nicht verkneifen, jedes Mal seinen dünnen Hals und die lange spitze Nase in dem schmalen Gesicht anzustarren. Irgendwie vermittelten Thereses Eltern ihr immer das Gefühl, etwas Schlimmes verbrochen zu haben.

Mikkel kennt sie schon immer. Aber obwohl er sich all die Jahre wie sie auf den glatten Felsen herumgetrieben hat, ist er ihr erst im letzten Sommer richtig aufgefallen. Er hatte Haare wie ein Glückstroll: weiße, verfilzte Strähnen, die in alle Himmelsrichtungen abstanden. Plötzlich hatte sie sich unsicher gefühlt und war unzufrieden mit sich selbst. Mit ihrem Körper, ihrem Aussehen. Darüber hatte sie vorher nie nachgedacht. Plötzlich wusste sie nicht mehr, wohin mit ihren Händen oder wohin sie gucken sollte, wenn Mikkel sich zu ihnen setzte. Er hatte sie gefragt, ob sie mit Boot fahren oder auf den Steg kommen wollten. Er wollte mit ihnen spielen. Ihr gefiel das Gefühl seiner warmen Hände um ihre Taille, wenn er sie in die Luft hob und ins Wasser schmiss. Das reichte. Um die kleine Flamme zu entzünden und am Leben zu halten.

Sara lief hin und her und redete über Mikkel. Sie hatte genau Buch geführt, wie oft er sie angesprochen hatte, und jedes Mal, wenn es ihr gelungen war, ihn auf den Badeponton zu locken, machte sie ein Kreuz. Sie fuhr mit Elin in die Stadt und kaufte sich einen Bikini mit gepolsterten Körbchen, die ihre Brüste größer aussehen ließen. Elin fand ein Oberteil, das vorne gerafft war, damit sie nicht ganz so flach aussah. Aber abends hatte sie vor dem Spiegel gestanden und sich einen anderen Körper gewünscht. Ein anderes Gesicht.

So vergingen die Wochen, bis eines Tages Therese auf den glatten Klippen auftauchte, im hellgelben Bikini, mit offenem Haar und einem glänzenden Goldkreuz um den Hals. Die simple Zahnklammer war einer Reihe glitzernder Brackets gewichen. Es war das erste Mal, dass Therese alleine an den Strand kam. Der graue Schatten, der ihr sonst immer folgte, war weg. Sie breitete ein großes Badehandtuch aus, setzte sich hin und wartete. Sie wartete auf Mikkel.

Mikkel hatte plötzlich keine Lust mehr, zum Ponton rauszuschwimmen. Auf dem Steg ließ er sich auch kaum noch blicken. Er war immer in Thereses Nähe. Therese machte solche Sachen nicht. Sie wollte keine nassen Haare kriegen. Therese hatte Geschmack daran gefunden, schön zu sein. Und eines Tages saßen sie auf ihrem Badehandtuch und hielten Händchen. Mikkel und Therese. Das hätte niemand gedacht. Jedenfalls nicht Sara und Elin.

Sara nimmt ihr Handy aus der Strandtasche. Ihre Fingerkuppen huschen über die Tasten.

»Was hast du eigentlich mit dem Foto gemacht?«, fragt Elin.

»Welches Foto?«

»Du weißt, was ich meine, Sara.«

»Ach, das. Mein Gott.« Sara stöhnt genervt. »Da denk ich doch jetzt nicht mehr dran, das ist ein Jahr her.«

»Hast du es jemandem gezeigt?«

»Ja. Dir.«

»Sonst niemandem?«

»Ist das ein Verhör, oder was?«

Sara setzt sich hin, zieht die Tasche zu sich ran und nimmt die Wasserflasche heraus, trinkt einen ausgiebigen Schluck, sagt nichts. Sie wirft die Flasche zurück in die Tasche und dreht sich zu Elin um. Ihre Augen sind hinter der großen Sonnenbrille verborgen. Ihre Wangen haben einen leicht rosa Schimmer angenommen. »Was ist?«

»Ich hab dich was gefragt.«

Sara fegt etwas Dreck von ihrem Handtuch. »Es ist nichts passiert und wir reden nicht mehr darüber. Vergiss es einfach. Okay?«

8

Das Geräusch von nackten Füßen in trockenem Gras. Halme, die zu Staub zermahlen werden. Das erinnert sie an etwas. Auf jemanden warten.
»Dachte ich mir doch, dass ich euch hier finde. Was geht?«
Mikkel. Elin schließt die Augen. Kneift sie ganz fest zu.
»Ach, hallo!«, sagt Sara. »Wann bist du gekommen?«
»Gestern.«
»Aha.«
»Wie ist das Wasser?«
»Ziemlich kalt, sechzehn oder siebzehn Grad vielleicht.«
»Okay …?«
Er bleibt stehen. Sie hört Sara einen Schluck aus der Wasserflasche nehmen. Unten am Wasser schreit ein Kind. Ein Speedboot jagt über den Fjord.

»Mit Therese ist es aus, hab ich gehört«, sagt Sara.
»Ja. Letztes Jahr. Gab Stress mit ihrer Familie, die sind ja Zeugen Jehovas und so. Und als sie rausgekriegt haben, dass wir zusammen sind … Das ging einfach nicht.«
»Gemein«, sagt Sara.
»Nein, ist schon in Ordnung, wir sind weiter Freunde. Wir wollten nur nicht den Stress von wegen feste Beziehung und so …«
»Kann ich verstehen, das nervt.«
Nach einer kurzen Pause fragt Mikkel: »Du hast keinen Freund?«
»Nichts Festes. Nicht mehr.«

»Gut.«
»Nicht wahr«, sagt Sara zuckersüß und klopft neben sich aufs Handtuch. »Also, hier ist Platz, wenn du dich setzen möchtest.«

So spricht Sara mit ihr nie. Einschmeichelnd. Einladend. Die Sonne bringt die Innenseite der Augenlider zum Glühen. Elin öffnet sie einen Spaltbreit. Mikkels einer großer Zeh hat einen tiefen Riss. Da gehört ein Pflaster drauf. Sein Blick gleitet wie ein Schatten über ihren Rücken. Vielleicht betrachtet er das Band, das sie ins Haar geflochten hat. Oder ihren blassen Rücken mit den vielen Muttermalen. Sie wäre viel lieber brauner und hätte keine so weißen Beine.
Sie wäre viel lieber wie Sara.

»Und die da?«, sagt Mikkel, und Elin spürt einen leichten Stupser an der Fußsohle. Hört den provozierenden Ton in seiner Stimme »Schläft sie, oder was?«
»Sie tut nur so«, sagt Sara spitz.
Ein Grashalm kitzelt über ihre Wange, ihren Nasenrücken. Elin wischt ihn mit der Hand beiseite, ihre Mundwinkel zucken. Mikkel will mit ihr spielen. Er hält sie immer noch für das kleine Mädchen vom letzten Jahr. Aber sie ist keine vierzehn mehr. Und sie weiß nicht, ob sie noch länger spielen will. Sein warmer Atem wie ein lauer Windhauch an ihrem Ohr.
»Du schläfst nicht, Elin«, sagt er leise.

7 Kato kommt mit dem Oberkörper aus dem Wasser, er ist so weit ans Ufer geschwommen wie möglich. Erst als seine Knie gegen den lehmigen Grund gestoßen sind, hat er die Füße unter den Körper gezogen. Jetzt steht er im flachen Wasser vor Storeskjær. An den meisten Stellen ist die blaue Tonerde fest, aber zwischendurch löst sie sich auf und dann watet man durch eine schleimig weiche Masse. Das Boot hat er an Land gezogen. Georg sitzt im Schatten einer Krüppelkiefer auf einer Decke, die Kato im Wohnwagen gefunden hat. Seine dicken weißen, aus den Shorts ragenden Schenkel erinnern an Baumstämme. Ab und zu, wenn Kato mit ihm redet, lacht er unvermittelt los. Über ein Wort, das er komisch findet. Dann wiederholt er das Wort mehrmals und lacht wieder. Abgehackt. Das Lachen kommt in kurzen Stößen heraus. Aber ansteckend ist es trotzdem.

Jetzt hat er eine halbe Packung Butterkekse gefuttert und blättert in alten Micky-Maus-Heften. Er kann nicht lesen, Kato fragt sich, wie viel er davon also hat. Georg nimmt den Sonnenhut ab, das rötliche Haar klebt an seiner Kopfhaut. Ein Schweißtropfen läuft ihm über das Ohr. Er schaut vom Comic hoch, rot glänzendes Gesicht unterm Sonnenhut. Dunkler Schweißrand unter den Armen.
»Lesen!«, nörgelt er und wedelt mit dem Comic, bevor sein Arm schlaff auf seine Beine zurückfällt.
»Erst baden!«

Kato spritzt eine Handvoll Wasser an Land, das sich in perlenden Tropfen vor der Sonne auffächert und den äußeren Zipfel der Decke trifft.
Georg zieht die Beine dicht an den Körper. »Nein!«, ruft er.
»Lass dich nicht ärgern, Georg.«
Kato geht die letzten Meter zu ihm. Georg muss was trinken. Er hätte eher daran denken müssen.

In dem Essenspaket für Georg findet Kato einen kleinen gelben Zettel.
Denk dran, dass Georg sich oft eincremen muss. Faktor 30 im Gesicht und auf den Schultern, wenn er das Hemd auszieht. Selbst vergisst er das gern.
Edmund Dal legt immer solche Zettel mit Mitteilungen hin, worauf Kato achten soll. Was Georg mag und was nicht. Mal findet er sie auf dem Spültisch in der Küche oder im Essenspaket, wie jetzt. Georg schließt die Augen und wartet geduldig, bis Kato sein Gesicht mit der fetten Sonnencreme eingerieben hat. Sie hat einen schwachen, angenehmen Duft.

Dein Vater liebt dich, denkt Kato, weißt du das, Georg?

8

Mikkel und Anton gehen zu den großen Felsabsätzen. Der Wind fährt in die Beine ihrer Badehosen, bläst sie auf. Mikkels Oberkörper schwankt hin und her, er setzt den Fuß auf und drückt sich ab. Anton kommt schlaffer und schwerfälliger daher. Die Rellingbucht scheint ihnen zu klein geworden zu sein. Sara schnalzt mit der Zunge. »Guck dir Anton an. Ganz schön fett geworden, wenn du mich fragst.«

Elin findet eine halb geschmolzene Tafel Schokolade in ihrer Tasche. Sie bietet Sara die Hälfte an. Aber Sara will nicht. Sie tätschelt ihren flachen Bauch.
»Ich muss abnehmen«, sagt sie, dabei sieht sie Elin an. Elins Bauch ist viel runder, viel weißer und bildet dünne Rettungsringe, wenn sie sitzt. Sara mustert Elin, in deren Mund die Schokolade bereits geschmolzen ist. Sagt: »Weißt du, wie viele Kalorien so ein Stück hat?«
Sara lächelt schief und legt sich auf den Rücken. Endlich macht sie die Augen zu.

Elin kennt Sara seit ihrer Kindheit. Sie haben sich jeden Sommer auf Schrøderøya getroffen, sind mit Plastikeimern durchs flache Wasser gestapft und haben im Wasser geplanscht.
Mehr als das haben sie nie gemacht: vom Steg ins Wasser springen, unter Wasser um die Wette schwimmen, die Bräune vergleichen. Einfache Sommerrituale, jedes Jahr

dasselbe. Als ob ihre Freundschaft von eben diesem Badeplatz abhängig ist, dieser Insel, der leichten Sommerbrise. Als ob ihre Freundschaft nirgendwo anders möglich wäre.

Elin nimmt den roten Badeanzug heraus. Breitet das Handtuch über die Oberschenkel und windet sich aus der Bikinihose. Es ist schwierig, sich so umziehen. Und es klappt noch weniger, wenn Sara neben ihr liegt und zusieht. Elin beschließt, sich nicht um Sara zu kümmern, ihren bohrenden Blick, als suche sie nach etwas, auf das sie ihren Finger setzen kann. Einen Makel, etwas, das von der Norm abweicht. Die Farbe des Badeanzugs zum Beispiel. Bestimmt ist er zu rot oder zu klein. Oder die Art, wie sie sich umzieht. Oder die kleinen Sommersprossen auf ihren Armen. Aber vielleicht bildet sie sich das auch nur ein.

»Schminkst du dich eigentlich nie, Elin?«
»Doch, ab und zu. Aber nur ein bisschen Mascara.«
»Dann solltest du wasserfeste nehmen. Die, die du jetzt hast, ist kaum zu sehen. Und mit deinen Augenbrauen müsstest du auch was machen.«
»Wie meinst du das?«
»Also, ich will ja nicht gemein sein, aber es sieht aus, als hättest du keine Augenbrauen. Nimm Permanent-Make-up für Augenbrauen oder einen simplen Brauenstift. Das würde ich machen«, sagt Sara.

Elin hat Sara nicht erzählt, was in den Winterferien passiert ist. Sie war mit ihrem Vater in London und hat dort Sara gesehen, als sie in der Schlange vor der Tate Gallery anstanden. Sara und ihre Mutter saßen auf einer Bank vor einer der Säulen des Museums. Elin war weder froh noch überrascht, Sara so weit weg von zu Hause zu sehen. Sie hatte sich hinter der Schlange geduckt und Sara nicht aus den Augen gelassen. Sie und ihre Mutter waren gerade in eine Karte vertieft und schauten nicht hoch, als Elin und ihr Vater an der Bank vorbeigingen. So kam es, dass sie sich nicht getroffen haben. Sie würde es genauso wieder machen. Da ist sie ziemlich sicher. Ihr Gefühl sagt ihr, dass ihre Freundschaft keinen Szenenwechsel überleben würde.

»Ich gehe zu den Jungs.«
Sara reißt ein paar Grashalme ab und klettert die glatten Felsen hoch. Ohne Eile. Irgendjemand wird schon auf sie warten. Irgendjemand wartet immer. Elin beugt sich vor und sucht die Taucherbrille in ihrer Tasche, überlegt es sich anders und lässt sie liegen. Eigentlich muss sie nach Hause. Sie hat Oma versprochen, ihr beim Essenmachen zu helfen. Sie beschließt, nur kurz auf die Felskuppe zu gehen. Vielleicht reicht es danach auch noch für ein Bad.

9

Zwei Möwen fallen durch die Luft, stoßen senkrecht ins Wasser und tauchen, jede mit einem Fisch im Schnabel, wieder auf. Inseln reihen sich aneinander, vertraute Bekannte, und dahinter der gleiche Horizont wie immer, Inseln und Klippen und kleine Buchten.

Eine graue, eingefallene Mauer ist alles, was von dem Sprungbrett noch übrig ist, das hier einmal stand. Das Moos ist dabei, sich in die Ritzen zu fressen. Als sie noch jünger waren, haben Sara und sie sich immer hier oben hingelegt. Nicht ganz grundlos, gab es doch viele andere Stellen, die windgeschützter waren. Aber von hier aus ist die *Tittenklippe* zu sehen, eine winzige Insel, zu der man rüberwaten kann. Dort lagen Marion und Bobbie und sonnten sich. Oben ohne. Von Weitem sahen sie aus wie große, träge, an Land gespülte Seehunde. Marion und Bobbie waren Lehrerinnen und mieteten jeden Sommer das gleiche Ferienhaus auf der Insel. Sie hatten sie öfter in ein kurzes Gespräch verwickelt, wenn sie schwer bepackt vorbeikamen: Liegestühle und Körbe mit Picknick und Badezeug, Rucksäcke voller Zeitungen und Bücher. Sogar Schokolade hatten sie ihnen schon mal geschenkt. Manchmal, wenn sie auf der winzigen Insel lagen, lasen sie sich gegenseitig etwas vor. Elin erinnert sich an das leise, gemütliche Summen ihrer Stimmen. Alle wussten, dass sie ein Liebespaar waren. Wenn sie glaubten, dass niemand es sah, haben sie sich auch schon mal geküsst. Manchmal auch, wenn andere es sehen konnten. Wahrscheinlich konnten sie es einfach nicht bleiben lassen.

Saras Mutter passte es gar nicht, dass in der Rellingbucht zwei halb nackte Frauen saßen und knutschten. Eines Tages watete sie bis an der Rand der Tittenklippe.
»Hier sind Kinder«, hatte Saras Mutter gesagt. »Machen Sie Ihren Schweinkram gefälligst woanders. Hier auf der Insel halten wir nichts von solchen wie Ihnen.«
Marion und Bobbie hatten sich wortlos angesehen. Was sollten sie auch sagen? Sie hatten sich schon extra weit weg von allen anderen zurückgezogen, auf die Felsinsel, die völlig von den Möwen zugekackt war. Aber es war nicht der Abstand, der Saras Mutter gegen den Strich ging.

Am nächsten Tag lag die Tittenklippe verlassen da und kurz darauf packten Marion und Bobbie ihre Siebensachen in ihr altes Auto und verließen Schrødergya auf Nimmerwiedersehen. Die Tittenklippe wurde von den Möwen zurückerobert. Im nächsten Jahr wohnte eine neue Familie in dem Ferienhaus. Marion und Bobbie kamen nie wieder.

Sara guckt auch zur Tittenklippe rüber. Solange Elin denken kann, hat sie Saras weichen Wangenschwung bewundert, ihre großen Augen und die dunklen Wimpern. Ihren Mund, der zwischendurch ziemlich schmollen kann, wie jetzt, und die Kleider, die immer perfekt sitzen. Jetzt hat sie die Unterlippe eingesaugt und schaut mit zusammengekniffenen Augen aufs Meer. Unmöglich zu raten, was sie denkt.

»Kannst du dich noch an Marion und Bobbie erinnern?«, fragt Elin.

»Die Lesben, ja. Was ist mit denen?«

»Sie haben dich verarztet, als du dir den Fuß aufgeschnitten hast.«

Sara sieht sie durch schmale Augenschlitze an. »Mochtest du sie, oder was?«

Elin antwortet nicht. Es hat ja doch keinen Sinn. Sie denken an ganz unterschiedliche Dinge. Auf ganz unterschiedliche Weise.

Die Jungs sind zu den *Drei Ziegenböcken* gegangen, den drei großen Felsabsätzen, um ins Wasser zu springen. Auf dem unteren Absatz hat jemand ein Paar Schwimmflossen liegen lassen. Die waren wohl mal dunkelblau, jetzt sind sie ausgeblichen und an den Spitzen eingerissen. Sie rollen sich ein wie Klauen. Die Brandung schlägt gegen den Felsen. Das Meer glitzert. Weit draußen tauchen Antons und Mikkels Köpfe auf. Und noch weiter draußen treibt das grüne Boot von Edmund Dal. Zwei dunkle Silhouetten gegen das Sonnenlicht.

Kato, denkt sie. So heißt er.

»Musstest du heute nicht früh nach Hause?«, fragt Sara. »Baden schaffst du nicht mehr.«

Von weit weg hört Elin Georgs Lachen. Sie bleibt stehen und sieht zu dem kleinen Boot. Georg lacht so merkwürdig. Als hätte er sich verschluckt.

Elin findet Oma im Schatten unter der Kastanie. Sie sitzt auf der weißen Holzbank und schneidet eine Gurke mit einem Käsehobel in dünne Scheiben.
»Heute gibt es gebratene Makrele«, sagt sie. »Ich habe eben die Kartoffeln aufgesetzt. Du kannst mir helfen, den Tisch zu decken. Hast du Håvard gesehen?«
»Er ist eine Weile vor mir gegangen.«
»Ich hab ihm gesagt, dass wir um fünf essen.«
»Bestimmt ist er oben bei Tore.«
»Jaja, er wird schon kommen.«
Oma macht nie Stress. Sie kümmert sich im Grunde genommen nicht übermäßig. Das ist das Schöne daran, im Sommer bei ihr zu wohnen. Hat man Hunger, macht man sich eine Scheibe Brot, ist man müde, darf man schlafen, und wenn man nicht schlafen will, darf man bis in die Puppen aufbleiben. Und für ein Gespräch hat sie immer Zeit. Aber in ihrem Haus gelten drei Regeln, und an denen hält sie fest:
nicht alleine schwimmen gehen,
zur abgesprochenen Zeit nach Hause kommen
und sich anständig benehmen.

Oma sieht Elin durch die zerkratzte Brille an. Genau wie ihr Nagellack, der ist auch zerkratzt. Alles an Oma ist ein bisschen verkratzt und verbeult. Außer, wenn sie gerade vom Friseur kommt und die Haare geschnitten hat. Dann sieht sie aus wie frisch gebügelt. Aber das hält nur kurze Zeit an. Wenn die Spitzen wieder dünner werden, kräuseln sie sich über den Ohren. Elin beugt sich zu ihr runter und nimmt sie in den Arm. Und da sieht sie Håvard auf den Treppenstufen sitzen und sich durchs Haar wuscheln, das ganz zerzaust ist.

»Bin wohl eingeschlafen«, sagt er gähnend und reibt sich die Augen.

Oma guckt in die Gurkenschüssel. »Ja, Ferien sind anstrengend.«

Und dann lacht sie und ihr großer Busen hüpft unter der Schürze auf und ab.

10

»Wollte deine Mutter nicht mit der Drei-Uhr-Fähre zurückkommen?«
Edmund Dal wischt den Grillrost mit einem feuchten Lappen ab. Er schaut auf die Uhr. Es ist fast halb sechs.
»Ja, hat sie gesagt.«
»Dann müsste sie aber längst wieder hier sein.«
»Ja.«
»Hat sie angerufen?«
»Ich glaube nicht, dass sie das Handy mitgenommen hat.«
»Nicht?«
Dal guckt nach oben.
»Wir können ja noch ein bisschen warten … Ist ja möglich, dass der Bus oder die Fähre sich verspätet haben, obwohl … das kommt nicht so häufig vor.«
Er macht sich daran, den Grill schon mal vorzuglühen. Kato guckt sich um, ob er noch irgendetwas tun kann, aber im Grunde genommen ist alles fertig. Nur eins fehlt. Henny.

Der Gartentisch ist mit einem blauen Tischtuch und weißen Tellern gedeckt. In der Mitte steht eine Vase mit duftendem Jasmin, den Georg von dem Busch beim Geräteschuppen abgeschnitten hat. Jetzt steht er mit seitlich geneigtem Kopf vor dem Tisch und betrachtet die Salatschüssel. Schiebt sie ein Stück zur Seite.
»Erdbeeren mit Sahne«, sagt Georg und strahlt Kato an.

Der Geruch von Feueranzünder, Grillkohle und gegrilltem Hähnchen zieht über das Grundstück. Dal ist über den Außengrill gebeugt, den er an einer windstillen Stelle auf der Rückseite des Hauses gemauert hat, wo die Felswand steil zum *Ausguck* aufsteigt, der Veranda des Sommerhauses, in dem Sara wohnt. Er wendet die Hähnchenteile, würzt sie mit Pfeffer und frischem Rosmarin, nimmt die Fischermütze vom Kopf und wischt sich mit dem Handrücken über die Stirn. Das graue Haar liegt schütter und platt an seinem Hinterkopf und erinnert an flaumige Vogelfedern. Die Haut ist wettergegerbt. Edmund Dal hat die spezielle Bräune eines Menschen, der die meiste Zeit des Jahres im Freien verbringt.

Sie wollte nur kurz in die Stadt, um neue Farbe zu kaufen, hat sie gesagt. Sonst bräuchte sie nichts. Und sie wollte vor dem Essen noch ein bisschen im Garten arbeiten, hatte Dal versprochen, im Gemüsegarten Unkraut zu jäten. Sie wollte nicht lange wegbleiben.

»Versprochen«, hatte sie gesagt.

Er hatte schon am Morgen gemerkt, das was im Busche war. An ihren leichten Schritten auf dem Kies. Am Schwung ihrer Hand, mit dem sie das Gartentor zuwarf, die Ledertasche über ihrer Schulter. Seine Mutter Henny in flatteriger roter Bluse über schwarzem Volantrock, das Haar offen.

Strahlend, wie sie durchaus auch sein konnte, wenn sie sich auf etwas freute. Fast hübsch. Ein kurzes Tschüs und weg war sie. Hat sich nicht einmal umgesehen.

Jetzt steht er vor dem Fenster, mit dem Handy in der Hand, damit Dal sieht, dass er sie zu erreichen versucht. Er wählt auch tatsächlich die Nummer, obgleich er weiß, dass ihr Handy ausgeschaltet ist. Oder der Akku ist leer. Sie wird jedenfalls nicht antworten. Dal läuft zwischen Grill und Tisch hin und her, wo Georg sitzt. Er hat seit mehreren Tagen von dem Essen geredet, eingekauft und Pläne gemacht, hat Henny gefragt, was sie mag und was sie zum Essen trinken möchte. Wein? Wasser? Was sie will.

Edmund Dal öffnet ein Bier und nimmt einen Schluck, schaut zum Haus, zur Straße. Setzt sich an den Tisch und trommelt mit den Fingern auf das Tischtuch. Steht noch mal auf. Er ist gerne in Bewegung, warten ist nichts für ihn.

Kato lehnt sich über die Spüle, während er nach einer guten Ausrede sucht, einer Erklärung. Etwas, das Edmund Dal schluckt. Der Grillduft zieht bis ins Haus. Bald werden die Hähnchenteile trocken. Er öffnet die Tür und Dal lächelt ihn vom Grill aus an. Erwartungsvoll.

// Dal hat die Hähnchenteile zur Seite gelegt, sie sehen fertig aus.
»Hast du deine Mutter erreicht?«
»Sie kommt nicht.«
»Was heißt das?«
»Na ja … Sie sagt, sie wäre krank.«
Dal schaut vom Grill hoch.
»Irgendwas mit dem Magen oder der Galle. Gallenstein, glaube ich. Sie will bei einer Freundin bleiben, bis es ihr besser geht.«
Kato dreht sich zum Tisch um und schiebt die Messer hin und her, kontrolliert noch einmal, ob sie richtig liegen, hauptsächlich, um irgendwas zu tun zu haben. Die Petersilienzweige in der Salatschüssel sehen aus wie Miniaturbüsche, schwarze Olivenaugen blinzeln ihn an. Die Stille hämmert gegen seine Trommelfelle. Edmund Dal streicht sich über die grauen Bartstoppeln. Sagt, dass das eine Überraschung ist. Dass er gar nicht wusste, dass Henny Bekannte hier unten hat.
»Nein«, sagt Kato. »Ich auch nicht.«

Solange er zurückdenken kann, hat er sich Geschichten für Henny ausgedacht. Er hat Lehrer angelogen, Arbeitgeber von Henny, Freunde. Migräne, Durchfall, Mittelohrentzündung … Er ist selbst erstaunt, wie einfach es ist, anderen Leuten etwas vorzumachen. Oder ist es vielleicht gar nicht so? Manchmal kommt es ihm so vor, als ob die meisten Leute lieber gar nicht zu viel wissen wollen. Aus Angst, in irgendetwas hineingezogen zu werden. Vielleicht tun sie auch nur, als ob sie ihm glauben. Weil das das Sicherste für sie ist.

»Dann sind wir Jungs heute also unter uns«, sagt Dal. »Auch in Ordnung.«
Er legt seine freie Hand auf Katos Schulter, drückt sie leicht.
»Gallensteine, das ist was ganz Böses«, stellt er fest.
Kato hat keine Ahnung von Gallensteinen. Das war nur so ein spontaner Einfall. Dal stellt den Teller mit den Hähnchenteilen mitten auf den Tisch. »Die wird man nicht so schnell wieder los.«
Dal hängt sich an diesem blöden Gallenstein auf. Aber jetzt hat Georg genug von der Warterei. Er grapscht sich einen Hähnchenschenkel vom Teller und eröffnet das Buffet.

Beim Essen erzählt Edmund Dal von den verschiedenen Vögeln auf dem Vogelbrett; es kommen Buchfinken und Buntspechte und ab und zu ein Rotkehlchen. Er erzählt, womit er gerade beschäftigt ist. Heute hat er einen Geräteschuppen abgerissen. Dabei haben sie ein totes Eichhörnchen in der Dachrinne gefunden.
»Es muss krank gewesen sein«, sagt Dal. »War auf einer Seite so merkwürdig aufgebläht. Ein Riesengeschwür, Krebs wahrscheinlich.«

Georg seufzt. Sein Kopf kippt nach vorn, der Mund steht halb offen. Er schläft.

Eine Fliege krabbelt über das Tischtuch, dann über den Rand des Tellers, macht eine Pause auf einem abgenagten Hähnchenschenkel. Sie reibt das Hinterbein an Hennys unbenutztem Teller mit der hellblauen Serviette, die Georg zu einem hübschen Fächer gefaltet hat. Das hat er in Kastaniebakken gelernt, erklärt Dal, wo er den größten Teil des Jahres untergebracht ist. Dort lernt er Servietten zu falten. Vogelbretter zu tischlern. Tiere zu füttern. Pferde und Schafe haben sie dort. Dal streichelt Georgs runden Kopf, wie man einen Hund streichelt. Georgs Augenlider zucken. Die beiden haben etwas Gemeinsames, denkt Kato, etwas Schweres und Wortloses, wie Trauer. Wahrscheinlich um Margit, denkt er. Georgs Mutter. Die im letzten Jahr gestorben ist.

Dal räuspert sich leise und legt sein Besteck auf den Teller. »Das mit Georg ... Du gehst respektvoll mit ihm um. Auf Dauer ist es nicht immer ganz leicht mit ihm. Davon kann ich ein Lied singen, könnte man sagen. Es ist mir wichtig, dass es Georg gut geht. Im Grunde ist das das Wichtigste.« Dal räuspert sich noch einmal und schenkt sich Bier nach. »Du bist nett zu ihm«, fügt er hinzu und nickt. »Das wollte ich nur sagen. Er war schon lange nicht mehr so fröhlich.«

Kato trägt die Teller in die Küche und spült sie ab, während Edmund Dal neben ihm steht und Dessertschalen aus dem Eckschrank nimmt. Kato ist es nicht gewohnt, dass jemand so mit ihm spricht, es ist fast ein bisschen feierlich, als würde man von einer starken Hand ins Licht gezogen.
»Ich mag Georg«, sagt er.

Nach dem Dessert geht Edmund Dal ins Wohnzimmer, um eine CD einzulegen. Er hat ein Kabel von der Stereoanlage zum Fenster verlegt und einen kleinen Lautsprecher an der Außenwand montiert. So kann er im Garten sitzen und Musik hören. Und jetzt will er Monica Zetterlund hören. Das passt zu einem so schönen Sommerabend, findet er. Er macht seine Pfeife an und lehnt sich gemütlich im Stuhl zurück.
»Dieses Lied …«, sagt Dal, »hör dir den Text mal genauer an …«

Monicas heisere, warme Stimme schleicht sich in seine Gehörgänge, und Dal kommt mit einem kleinen Geständnis, als sie dort sitzen. Wenn er ihre Stimme hört, muss er immer an frisch gebackene Zimtschnecken denken, und dann sieht er eine Frau vor sich, die an einem gedeckten Tisch mit brennenden Kerzen sitzt. Er lacht verlegen. »Ein Klischee«, sagt er. »Aber ein schönes.«
»Klischees können ab und zu ganz gut sein«, erwidert Kato.

»Da sagst du was«, sagt Dal. »Sie lebt übrigens nicht mehr. Monica, meine ich.«
Dal erzählt, dass Monica Zetterlund bei einem Brand in ihrer eigenen Wohnung umgekommen ist. Er lehnt sich nach hinten und schaut in den Himmel. Über seinem Kopf leuchtet der Mond. Kato sieht die Flammen über die Wände einer abgeschlossenen Wohnung lecken, wie das Zimmer sich langsam mit Rauch füllt. Henny raucht oft im Bett. Manchmal steht er mitten in der Nacht auf, um nachzugucken, ob sie ihre letzte Kippe ausgedrückt hat. Heute Nacht braucht er das nicht. Dal dreht sich zu ihm um.
»Denk nicht zu viel an deine Mutter, Kato. Wir haben doch einen schönen Abend gehabt.«
Er nickt Georg zu. Sein Kopf hängt vornüber. Gleich schläft er wieder. Die Schale mit den Erdbeeren ist leer.
»Essen, schlafen, Fahrrad fahren, dann ist Georg zufrieden«, sagt Edmund Dal. »Einfache Freuden.«

12

Elin zieht das blaue Kleid über den Kopf, es riecht nach Lavendel und muffigem Hüttenschrank. Sie wirft es aufs Bett und bleibt vor dem Spiegel stehen. Mattes Licht sickert durch die dünnen Gardinen. Unter ihren Wangenknochen sind leichte Schatten, ihr Gesicht ist nicht mehr so rund wie im letzten Jahr. Das ist einfach passiert, sie kann nicht sagen, wann.

Immer spiegeln wir uns, denkt sie. Wenn wir uns unbeobachtet fühlen. Wenn wir glauben, dass wir alleine sind. Die ganze Zeit. Und manchmal entdecken wir dabei etwas Neues. So wie jetzt. Sie beugt sich vor. Unterm Auge ist ein Rest Kajal verschmiert. Das mit dem Schminken hat sie noch nicht richtig raus. Aber bei dieser Beleuchtung macht das nichts. Am Strand ist das Licht so gnadenlos. Und dort ist Sara.

Sie streicht sich langsam über die Wange. Das ist mein Gesicht, denkt sie. So sehe ich aus. Elin. Helle Augenbrauen, braunes, welliges Haar, eine leicht schiefe Nase. Etwas zu kleine Augen. Ganz okay. Elin beugt sich weiter vor, bis sie das glatte Spiegelglas an der Nase spürt. Sie schließt die Augen und presst die Lippen darauf. Ganz fest. Ein bisschen hart fühlt es sich an. Sie weiß nicht, wen sie küsst. Den Jungen aus dem Bus vielleicht. Oder einen, den sie noch nicht kennt. Ohne Gesicht. Sie macht es noch einmal.

Die Abdrücke ihrer Lippen sehen aus wie Schmetterlingsflügel, sie verdampfen und sind im nächsten Augenblick schon nicht mehr zu sehen. Sie hat noch nie jemanden geküsst. Näher als über ihr kindliches Spiel vor dem Spiegel ist sie einem Kuss noch nie gekommen. Gestern hat Håvard sie dabei ertappt, er hatte sich unter ihrer Bettdecke versteckt. Hat sie klammheimlich beobachtet, bis er explosionsartig losprustete und fragte, ob sie jetzt völlig übergeschnappt wäre, so wie sie den Spiegel ableckte.
In ein paar Jahren wird sie ihn mit Pauken und Trompeten in der Pubertät willkommen heißen und jeden Pickel und jedes Schamhaar kommentieren. Er kann sich schon mal freuen.

Das Bett ist von Kleidern bedeckt, die sie im letzten Jahr getragen hat. Ein gepunkteter Rock, viel zu enge Jeans, das weiß-rote T-Shirt, das sie an den Tag erinnert, an den sie nicht erinnert werden möchte. An dem sie und Sara Mikkel und Therese verfolgt haben. Sara ist auch nicht mehr die Gleiche wie vor einem Jahr. Das hat Elin sofort erkannt, als sie in der Tür des Sommerhauses stand. An ihrem Blick, der nicht einmal bis über die Türschwelle reichte. Aber die größte Veränderung hatte ihr Lächeln durchgemacht. Es hing wie ein dünner Faden von ihren Mundwinkeln. Schnitt sich in die Wange. Fast wie eine Narbe.

Ein Fahrrad schlittert über den Sandweg und bleibt stehen. Sie richtet sich auf und lauscht. Zieht die Gardine auf. Sieht Georgs Rücken: Langsam, wie ein Schiff, treibt er davon. Dasselbe Diamantenfahrrad, dieselben Hosenträger, Jahr für Jahr. Georg glaubt, dass er den größten Schatz der Welt besitzt. Einen roten Diamanten, der im Lenker seines Fahrrads versteckt ist. Sie weiß nicht, wer ihm das erzählt hat. Sara hat irgendwann mal versucht, ihn aufzuklären. Hat ihm gesagt, dass es keine Fahrräder mit Diamanten gibt. Da hat er sich die Ohren zugehalten, den Kopf geschüttelt und ist einfach gegangen.

Elin steckt den Kopf aus dem Fenster und genießt den kühlen Lufthauch im Gesicht. Bleibt so stehen, bis das Rad nicht mehr zu hören ist. Vielleicht hat es ja auch sein Gutes, dass sich nicht alles verändert. Dass manche Dinge so sind, wie sie immer waren. Wie Georg und sein Fahrrad.

Oma schnarcht im Wohnzimmer, aber Elin fühlt sich rast los und hellwach. Sie denkt an den Jungen aus dem Bus. Überlegt, wie alt er wohl sein mag. Håvard hat gesagt, dass er ihren Namen kannte. Als sie daran denkt, wird sie noch wacher. Woher kennt er ihren Namen? Sie stellt das Fenster auf Kipp. Legt sich hin, kann im Bett aber nicht lesen. Die Luft in dem kleinen Schlafzimmer steht still und ist aufgeheizt. Sie tritt die Decke weg und legt sich darauf. Starrt an die weiß gestrichene Decke und zählt Astlöcher.

13

Wieso bleibt das Pferd auf der Brücke stehen? Kato lehnt sich nach draußen. Henny steigt ab. Das Pferd grast. Und Henny klettert auf das Brückengeländer und springt. Ihre Beine verschwinden im Fluss. Er springt hinterher. Muss sie finden, bevor sie ihm entwischt, tief dort unten im Schlamm. Wo das Wasser trüb und der Grund mit Schlingpflanzen bedeckt ist. Sie kauert unter einem großen Stein. Er streckt ihr die Arme entgegen, will sie an die Oberfläche ziehen, aber sie stößt ihn weg, es ist, als ob die Strömung des Flusses von ihren Händen ausgeht und ihn wegdrückt. Aus ihrem Mund steigen Blasen auf, sie will etwas sagen. Und er versteht sie, auch wenn er es nicht hören will.

»Geh weg«, sagt sie. »Weg.«

14

Die Lampe neben der Schlafbank brennt, irgendwas schwirrt darin herum, eine Fliege. Hat ihn das geweckt? Er streckt den Arm nach dem Wasserglas aus, aber seine Hand ist eingeschlafen. Er schüttelt sie, bis es anfängt zu prickeln und zu stechen und er die Finger wieder bewegen kann. Das Wasser schmeckt abgestanden. Er setzt sich auf der Bank auf. Die Luft ist zum Schneiden dick, die letzten Traumfetzen verblassen, aber die schwarze Dunkelheit hat sich im Körper festgebissen.

Er taumelt in die Wirklichkeit, in die kühle Sommerluft. Setzt sich auf die Treppe, um wieder zu sich zu kommen, und atmet die Gerüche dieses frühen Sommermorgens ein. Überlegt, was der Traum ihm sagen will. Er muss ihn aufschreiben, bevor er ihn wieder vergessen hat. Er hat ganze Schreibhefte mit alten Träumen gefüllte. Wirre Geschichten, viele davon heftiger als die meisten Gruselfilme, die er gesehen hat. Aber zu irgendetwas sind sie immer nütze. Seine Träume haben ihm Ideen für etliche seiner Zeichnungen und viele Aufsätze geliefert, die er in der Schule geschrieben hat, und ihm so manchen Zweier beschert, einmal sogar einen Einser.

Er geht zum Pinkeln zu der großen Kiefer hinter dem Geräteschuppen. Dort steht er gerne, weit genug vom Haus entfernt, halb verdeckt unter den langen Zweigen, mit Aussicht über das Grundstück. Er registriert, dass Georgs

Fahrrad nicht am gewohnten Platz an der Wand steht. Dann hat er es wohl woanders abgestellt.

Als er die Schlafanzughose wieder zuschnürt, hört er ein Geräusch. Wie jemand, der raucht und den Qualm inhaliert.
Sie lehnt mit dem Rücken an der rauen Schuppenwand, sitzt auf einem Holzhocker, höchstens einen Steinwurf von ihm entfernt. Hier steht er und pinkelt und da sitzt sie. Mutter und Sohn in den gemeinsamen Sommerferien.

Es beginnt zu dämmern. Sie hat sich einen neuen Pullover gekauft, in dem schwachen Morgenlicht sieht er rosa aus, ein langes, mit kleinen Blumen gemustertes Teil, das ihr bis kurz über die Knie reicht. Vielleicht hat sie ihn auch von jemandem geliehen.
»Warum sitzt du hier?«
»Wollte nur eine rauchen …«
»Um diese Zeit?«
»Ich weiß, wie spät es ist.«
Ihr Oberkörper hängt leicht vornüber, als wären ihr die Schultern zu schwer. Die Zigarette ist ausgegangen. Sie beugt sich zur Tasche vor, um das Feuerzeug herauszunehmen, verliert die Balance und kippt einfach um. Er hilft ihr auf die Beine.
»Du kannst morgen weiterrauchen.«
Sie ist wirklich total hinüber, nicht mal mehr für einen Pro-

test reicht es. Er führt sie durch den Garten zum Anbau. Da dreht sie sich zu ihm um.

»Und das Essen?«

»Was meinst du?«

»Was gab's zu essen?«

»Gegrilltes Hähnchen. Du hättest ruhig Bescheid sagen können. Dal hat sich gewundert, warum du nicht gekommen bist.«

Sie bleibt mitten auf der Treppe stehen, fuchtelt mit der Zigarette vor seinem Gesicht rum, zieht daran, bevor sie merkt, dass sie nicht brennt. Wühlt wieder in ihrer Tasche.

»Es reicht jetzt«, sagt er.

»Führ dich nicht auf, als wärst du meine Mutter.«

Er antwortet ihr nicht, sondern schiebt sie wortlos durch die Tür und bleibt draußen stehen, bis er hört, wie ihr Körper mit einem dumpfen Klatschen auf die Matratze fällt. Wahrscheinlich war das der tiefere Sinn des Traumes. Dass er ihn geweckt hat und er zum Pinkeln rausgegangen ist. Bis zur Kiefer hinter dem Schuppen. Dass er und kein anderer sie gefunden hat, bevor sie eingeschlafen ist. Er bleibt noch eine Weile stehen und überlegt, ob er sich wieder schlafen legen soll. Die Vögel haben längst mit ihrem Morgenritual begonnen. In wenigen Stunden kommt Edmund Dal mit seinem Werkzeugkasten aus dem Haus und fährt zur Arbeit.

15

Das weiße Sommerhaus mit den Erkern und Sprossenfenstern thront auf dem Hügel. Rosa und gelbe Stockrosen klettern an den Wänden empor. Als sie jünger war, ist sie unmittelbar nach dem Aufwachen dort hingestürmt. Oben bei Sara war alles so anders. Der Kaffee duftete besser, das Brot schmeckte süßer und der Saft war immer frisch gepresst. Und Saras Mutter war so schön. Das ist sie immer noch.

Das schmiedeeiserne Tor und das leise Klicken, wenn sie es öffnet. Es eilt nicht länger, nach oben zu kommen. Sie fühlt den Kies unter ihren Füßen und geht den Pfad zur Terrasse hoch. Saras Mutter steht über einen Topf Pelargonien gebeugt da. Veronika, die Königin des *Ausgucks*, ist heute sonnenblumengelb.

Sie begrüßt sie wie immer mit ausgebreiteten Armen. Veronika hat sich auch nicht verändert. Dasselbe gebleichte Haar. Dieselben grünen Augen unter glitzernden Augenlidern.

»Schön, dich zu sehen«, sagt Veronika und drückt Elin an sich. Sie riecht säuerlich und süß, wie Zitrone und Vanille. Eine merkwürdige Kombination, Elin ist nicht sicher, wie sie es findet.

Veronika eilt in die Küche und kommt mit einem Glas Eistee zurück. Auf dem Glasrand steckt eine Zitronenscheibe.

»Ich schaffe es nicht, aufzuhören«, sagt Veronika, als sie

sich setzt und eine Zigarette anzündet. »Raucht deine Oma noch?«

»Ja.«

Veronika seufzt zufrieden, beugt sich vor und legt eine Hand auf Elins Oberschenkel. Ihre gepflegten Nägel sind hellrosa lackiert mit glitzerndem Perlmutt. »Und wie geht es dir?«

»Ganz gut. Schön, dass Ferien sind …«

»Ja, das ist es. Du bist sicher gut in der Schule, kann ich mir denken«, sagt Veronika und zieht die Hand langsam weg. »Sara sagt, du liest die ganze Zeit. Hast du gute Noten?«

Elin rutscht auf dem Stuhl hin und her. »Kann mich nicht beschweren.«

Veronika lächelt und zeigt dabei ihr rosa Zahnfleisch. »Und hast du schon einen Freund?«

»Ähm … nein …«

Veronika lächelt noch immer, ihr Blick tastet Elins Gesicht ab, wandert abwärts, zu ihrem Busen, Bauch, den Beinen. »Nein, nein«, sagt sie seufzend, fast erleichtert, und wendet den Blick eilig ab. Sagt, dass so ein nettes Mädchen wie Elin sicher auch nicht mehr viel länger warten muss, bald wird sie sicher auch begehrt sein … Und sie soll nur froh sein, dass sie nicht wie Sara ist, die wird nie in Ruhe gelassen, die Arme, ständig Mitteilungen auf dem Handy und Anrufe und Jungs vor der Tür von früh bis spät. Das wirkt sich natürlich auf die Schule und alles andere aus. Veronika jammert, sieht aber eigentlich ganz zufrieden aus.

»Sie sind ja so süß … diese Jungs«, fährt Veronika fort. »Und sie sind ja *so* verliebt in Sara, allesamt.«

Nach einer Weile geht Veronika ins Haus, um Sara aus dem Bett zu schmeißen.
Elin geht an den Rand der Terrasse. Sie hat den Weg hier hoch nicht ganz ohne Grund gemacht.

Von hier aus kann man das Grundstück von Edmund Dal sehen. Das Gras ist hoch. Und da unten steht der Wohnwagen, von dem Sara erzählt hat. Gleich neben der Kastanie. An der Wäscheleine flattern ein paar graue Unterhosen und T-Shirts. Weiße, weiche Pusteblumenköpfe strecken ihre flaumigen Köpfe stolz nach oben. Die Zweige der Rosensträucher um das Gartentor sind gewachsen und hängen schwer auf den Boden. Margit Dal würde ihren Garten nicht wiedererkennen.

Georg steht mitten auf dem Grundstück und versucht, den Hinterreifen seines Fahrrads aufzupumpen. Er gibt sich solche Mühe, es tut richtig weh, mit anzusehen, wie er mit dem Ventil und der Pumpe kämpft. Am Ende tritt er gegen das Fahrrad, das seitwärts in das hohe Gras kippt, stapft zum Wohnwagen und hämmert gegen die Tür.
»Kato!«, brüllt er. »Kato!«

Die Tür zum Wohnwagen geht auf. Da steht er, mit nacktem Oberkörper in Schlafanzughose. Abstehende Haare.
»Du brauchst nicht so zu schreien, Georg, ich helfe dir ja.«
Er reibt sich die Augen und schlendert zu dem Rad, findet die Luftpumpe, schraubt das Ventil auf. Beginnt zu pumpen, mit trägen, rhythmischen Bewegungen. Befühlt den Reifen. Steht auf und schiebt Georg das Fahrrad hin. Dann dreht er sich um. Schaut zur Terrasse hoch. Sie schafft es nicht, sich rechtzeitig zu ducken, er hat sie gesehen, gesehen, dass sie hier oben steht und zu ihm runterguckt. Er sieht überrascht aus. Elin klammert die Hände so fest um das Geländer, dass ihre Knöchel ganz weiß werden. Ertappt. Sie dreht sich weg. Hat weiche Knie. Weil er sie angelächelt hat. Oder?

»Was machst du da?«, fragt Sara. Ihre Augen sind schmale Schlitze in dem müden Gesicht. Die Antwort scheint sie nicht zu interessieren. Stattdessen redet sie über Edmund Dals Garten. »Mama meint, da unten sieht's aus wie in einem Zigeunerlager, mit der Staffelei und den alten Stühlen, die im Garten rumstehen. Und dann seine Mutter …«
»Was ist mit ihr?«
Veronika sieht Elin an. »Na ja, ich weiß nicht. Sie kommt nie raus, wir haben sie bisher kaum zu Gesicht bekommen. Edmund Dal sagt, sie wäre Künstlerin. Aber die Staffelei steht ungenutzt da rum. Ich glaube nicht, dass sie schon

einen Strich gemalt hat. Und wenn Margit ihren alten Garten so sehen würde … das Gras, das in den Himmel wächst, und die alten Rosensträucher …«

Veronika wird von einem Freudenschrei aus Edmund Dals Garten unterbrochen. Und gleich darauf: das Scheppern einer verrosteten Fahrradklingel und Georg, der auf dem Rad vorbeigesaust kommt, dass der Kies nur so spritzt. Sara geht ins Haus, um ihr Badezeug zu holen. Veronika vertieft sich in die Morgenzeitung und sagt nichts mehr über den alten Garten und die Feriengäste dort unten.

18

Das Zimmer ist hübsch. Weiß gestrichene Wände und helle Spitzengardinen. In der einen Ecke ein Waschständer mit Waschtisch. Eine alte, gebeizte Holzkommode. Über der Kommode hängt ein ovaler Spiegel im einfachen Goldrahmen. Das Einzige, was stilistisch mit der übrigen Einrichtung bricht, sind der Fernseher und ein DVD-Player, die Edmund Dal in der einen Ecke platziert hat.
Vor dem Bett liegt ein breiter Flickenläufer mit weißen und hellgrünen Streifen. Und darüber hängt ein großes gerahmtes Bild: Madonna mit Kind. Sie hat den Blick niedergeschlagen, man sieht nur ihre schwarzen Wimpern und die milchweiße Hand spielt mit den Locken des pummeligen Kindes. Das Licht fällt durchs Fenster auf das Bett, wo sie liegt. Die Decke am Fußende ist zerknüllt, Haarsträhnen sind über das Kopfkissen ausgebreitet. Seine Mutter.

»Es ist gleich zwei Uhr, Henny.«
Sie hebt den Kopf einen Zentimeter vom Kissen. Blinzelt ihn an. Tastet mit der Hand nach etwas auf dem Nachtschränkchen. Die Zigarettenschachtel. Leer. Leises Fluchen.
»Kato, du … Ich habe nichts mehr zu rauchen.«
Irgendetwas ist mit ihrem Gesicht passiert. Eine Beule über der einen Augenbraue. Ein großer Bluterguss.
»Bist du gestürzt?«
Sie versteht nicht, was er meint.

»An der Stirn. Über dem Auge. Fette Beule.«
Sie fasst sich an die Stirn, tastet sich zu der Stelle vor und zuckt zusammen. Steht auf und taumelt zu dem Spiegel über der Kommode.
»Jesses … da bin ich wohl gestolpert …«
Kato sieht sich um. In der Ecke neben dem Bett, auf der großen Kommode, eine umgekippte Blumenvase. Sie scheint heil geblieben zu sein. Aber das Deckchen auf der Kommode ist nass. Und die Blumen, die Georg gepflückt hat, liegen in einer Lache auf dem Boden.
»Du bist gestürzt und hast dir den Kopf an der Kommode angeschlagen. Erinnerst du dich daran?«
»Nein …«
»Aber dass du gefallen bist, daran musst du dich doch erinnern?«
Sie torkelt durch den Raum und lässt sich mit einem Stöhnen aufs Bett fallen. Bittet um Wasser. Am liebsten ein ganzes Glas, wenn er so lieb sein will.

Georg sitzt im Wohnzimmer. Er sitzt zusammengesunken in seinem Schlafanzug auf dem Sofa und schaltet zwischen den Programmen hin und her. Die Sonnenstrahlen fangen den Staub ein, der in der Luft wirbelt, winzige, tanzende Partikel. Er sitzt schon viel zu lange hier. Kato hatte eigentlich geplant, ihn mit auf einen Bootsausflug zu nehmen. Aber das kann noch dauern. Er geht in die Küche, sucht ein Glas und lässt Wasser aus der Leitung hineinlaufen. Schmiert Georg eine Scheibe Brot. Redet mit ihm. Aber Georg schmollt, er will nicht reden. Georg will einen Ausflug machen. Sagt er. Kato nimmt das Glas und steht vom Sofa auf. Wirft einen Blick aus dem Fenster und sieht Henny im Garten.

Er kann es vom Fenster sehen: alles, was sie zu verbergen versucht. Das blaue Auge, die Schwellung, das Tuch, das sie sich über den Kopf gelegt hat. Kein Gesicht, das man der stechenden Sonne entgegenstrecken möchte. Sie hat alle Tricks angewandt, die sie kennt. Puder und Schminke. Abdecken, glätten. Aber heute hilft nichts. Nicht einmal ihre Sonnenbrille.

»Hast du vor, wegzugehen?«
Sie öffnet ihre Tasche und steckt die Hand hinein. Stellt sich so ungeschickt an, dass das Portemonnaie und anderer Krimskrams herausfällt, Münzen und die Schlüssel vom Anbau. Ihre Sonnenbrille. Sie ist so jämmerlich, seine Mutter, es kotzt ihn an, sie so zu sehen. Wie sie über dem Durcheinander auf dem Boden kauert. Was wird sie zuerst aufheben, die Münzen oder die Schlüssel? Ach nein, die Sonnenbrille, die Sonnenbrille muss als Erstes wieder an ihren Platz. Das schwarze Fenster zur Welt. Ihm wird schon schwindelig vom Zugucken.
»Mir geht's wieder gut«, sagt sie und schwankt.
»Aber wo willst du hin?«

»Ins Lädchen. Ich brauch was zu rauchen.«

»In deinem momentanen Zustand kannst du nirgendwohin gehen.«

Er schiebt sie zurück, die Treppenstufen hoch, durch die Tür, aufs Bett. Zudecken. Sie brabbelt vor sich hin. »Wie lange soll ich denn noch auf die Zigaretten warten, den ganzen Tag, oder was? Das halte ich nicht durch, das brauchst du dir gar nicht einzubilden.«

»Soll ich dir einen Kaffee machen, bevor ich gehe?«

Sie schüttelt den Kopf. Schließt die Augen. »Du musst mir was zu rauchen holen, das ist das Einzige, was hilft, das weißt du, Kato.«

»Ja.«

»Ich wollte den Rasen mähen und Unkraut jäten und …«

»Ich weiß … Ich kümmere mich darum, Mama.«

Die Scham in ihrem Blick. Jetzt erinnert sie sich wieder an die Abmachung, die sie gebrochen hat.

»Kato …«

»Dal ist nicht zu Hause.«

»Aber wenn er fragt …«

»Wenn er fragt, sagst du, dass du Bauchschmerzen hattest und bei einer Freundin in der Stadt übernachtet hast.«

»Freundin …«

»Ja. Aber nur, wenn er fragt.« Er wird plötzlich von einer ungeheuren Wut übermannt. »Versau mir nicht wieder alles!«

Sie schüttelt den Kopf. Er steckt die Decke um sie fest.

»Ich besorg Zigaretten. Schlaf weiter.«

17

»Kann mir mal jemand helfen?«, ruft Sara.

Mikkel sitzt auf dem zweithöchsten Felsabsatz und lässt sich von der Sonne trocknen. Er springt auf und streckt ihr seine Hand entgegen. Sie schiebt sich auf den vorderen Rand und hält sich an seinem Arm fest. Schwingt sich auf den Absatz.

»Wo ist Anton?«

»Im Laden. Plötzliche Hungerattacke ... Ist bestimmt bald wieder da.«

Mikkel grinst und dreht sich zu Elin um. Sein Blick ist verschmitzt. Wie im letzten Jahr, als er sie vom Ponton ins Wasser geschmissen hat. Bevor Therese kam und er sich nicht mehr für sie interessiert hat. Jetzt ist Therese nicht mehr da und Mikkels verschmitzter Blick ist zurück.

»Jetzt du!«

Sein Gesicht ist breiter, die Nase etwas größer. Als hätte jemand die vorhandenen Züge stärker herausgearbeitet, ein bisschen mehr Ton genommen und es geformt. Er streckt ihr seine Hand entgegen. Elin ergreift sie nicht.

»Geht auch so.«

Sie weicht seinem provozierenden Blick aus, hält sich fest, lässt sich an den Armen hängen und springt auf den Absatz unter sich. Sara drückt sich an die Felswand, sie hat Höhenangst, sagt sie. Aber Elin soll ruhig springen, sie sieht sich das Ganze dann von oben an.

Warum sagt sie das immer wieder? Elin sieht sie an. Na klar. Das hätte sie sich ja denken können. Mikkel. Sie will

allein mit ihm sein. Elin setzt sich hin. Hat plötzlich unbändige Lust, Sara zu ärgern. Sie zu provozieren.
»Anton und ich planen ein Fest«, sagt Mikkel. »Hier am Strand. Mit vielen Leuten. Cool, oder? Ihr seid doch dabei? Du und Sara?«
»Vielleicht.«
»Elin kennt hier nicht so viele Leute«, sagt Sara.
»Ist doch egal. Sie kennt Anne Gro. Und Anton ... Und mich. Das reicht doch.«
Er stupst Elin an, ein freundschaftlicher Stupser. Verspielt.
»Wann soll das sein?«, will Elin wissen und versucht, lässig und cool zu klingen. Sie spürt Saras Blick auf sich. Zwei glühende Punkte.
»Weiß nicht, nächste Woche vielleicht. Muss noch Gunde fragen, ob er uns Bier besorgen kann.«
»Wann kommt Anne Gro?«, fragt Elin.
»In ein paar Tagen, glaube ich.«
»Wolltest du nicht springen?«, fragt Sara. »Deswegen sind wir schließlich hier hochgekraxelt. Ich hatte nicht vor, den ganzen Tag hier zu verbringen.«

Elin steht ganz gemächlich auf. Wippt eine Weile auf den Zehen. Dann stößt sie sich ab und stürzt sich in die Luft, das weite dunkelgrüne Meer unter sich, in diesem Augenblick ist sie schwerelos. Ein Ruf. Ein Schatten hinter ihr, ein zweiter Körper in der Luft. Mikkel.
Die blanke Wasseroberfläche ist wie ein kühler Schock im

Gesicht. Sie schießt durch Grünalgen und Tang, sie hätte weiter rausspringen müssen, erreicht mit der einen Hand fast den Grund, eine kalte Strömung streift sie, ein paar Krebse werden mit dem Schlamm aufgewirbelt. Sie strampelt mit den Beinen, wendet das Gesicht nach oben zur blanken, schimmernden Oberfläche. Sie kann die Sonne dort oben sehen.

Plötzlich ist er da, sie hört seinen schnaufenden Atem, fühlt eine Hand um ihr Fußgelenk. Sie kriegt Wasser in den Mund und lacht, schüttelt den Kopf.
»Lass los!«
»Ganz schön riskant, so nah am Ufer zu springen.«
»Ich hab's unter Kontrolle.«
»Hattest du nicht.« Er sieht sie an. »Georg hat auch geglaubt, er hätte alles unter Kontrolle.«

Sie antwortet nicht. Das Unglück ist so lange her. Hat nichts mit ihr zu tun. Das Wasser schwappt in ihr Gesicht, sie spürt die Kraft seiner Hand, sie dringt durch die Haut und breitet sich bis zum Magen aus, in den Beinen, im ganzen Körper. Sie treten einen Augenblick auf der Stelle, über ihnen kreischen die Möwen, Sara ruft etwas, weit draußen dröhnt ein Motorboot vorbei. Sein Körper, so nah an ihrem, er schwappt gegen sie, helle Haut und grünes Wasser, tief unter ihnen ein silbrig glänzender Fischschwarm. Im letzten Jahr haben er und Therese zusammen Wasser getreten. Sich zusammen gesonnt. Kamen und gingen immer zu zweit, immer dicht zusammen. Nie alleine. Sie fragt sich, ob er sie vermisst. Sara ruft schon wieder. Ihre Augen tränen, er lässt sie los und schwimmt ans Ufer.

18 Sie sitzen auf dem oberen Felsabsatz und lassen sich von der Sonne trocknen.

»Anton hat immer angefangen zu heulen«, sagt Elin. »Weißt du noch? Wenn wir Sportwettkämpfe gemacht haben?«

Sara antwortet nicht. Sie beugt sich vor und wirft einen Tannenzapfen ins Wasser. Er trifft mit einem leisen Klatschen auf die Wasseroberfläche weit unten.

Es ist viele Jahre her, dass sie ihr letztes Wettrennen veranstaltet haben. Anton und Mikkel sind immer gegeneinander gelaufen. Und keiner von ihnen ertrug es, zu verlieren. Sie rannten, den Oberkörper nach hinten gelehnt und die Beine wie Trommelstöcke vor sich, so schnell, dass Mikkel sich fast jedes Mal übergeben musste. Aber dafür gewann er auch immer. Mikkel lag im Gras und kotzte und Anton heulte.

»Wieso kommst du jetzt mit dem alten Kram?«

Sara wirkt eingeschnappt und uninteressiert. Sie hat mit der Vergangenheit abgeschlossen. Plötzlich steht sie auf und verschwindet hinter den glatten Klippen, wo sie ihre Handtücher abgelegt haben. Mikkel sitzt schon dort. Er spielt mit ihrem iPod. Sara hat ihr Handtuch ein Stück von Elins weggezogen. Weil da, wo sie saß, so viele Ameisen waren. Sagt sie. Jetzt liegt sie neben Mikkel.

Sie sieht Anton am oberen Ende der Treppe, auf dem Weg zum Strand. Unverkennbar: sein einer Arm, der vor- und zurückschwingt, als wollte er sich damit extra Anschwung geben. Er verschwindet hinter einer kleinen Felskuppe und taucht gleich darauf auf dem Pfad dahinter auf. Kommt zu ihnen gelaufen und wirft Mikkel ein Eis auf den Schoß.

»Du musst es schnell essen«, sagt er mit einem besorgten Blick auf das Eis.

Anton hat sich ordentlich mit Proviant eingedeckt. Cola und Chips. Er breitet sich neben Mikkel aus. Versucht, seinen Bauch zu kaschieren, aber das große T-Shirt erfüllt nicht hundertprozentig seinen Dienst. Er öffnet die Chipstüte und bietet den anderen etwas an.

»Ich hab übrigens Therese im Laden getroffen. Sie trägt wieder Zöpfe«, sagt Anton.

»Aha?«

Mikkel verjagt eine Fliege aus seinem Gesicht. Starrt auf den Boden.

»Sie war mit ihrer Mutter dort, echt, als ob die Zeit um ein Jahr zurückgeschraubt worden wäre. Ich weiß nicht, wer schlimmer aussah … Immerhin, ihre Mutter hat mir zugenickt. Therese wirkte tierisch sauer. Hat nicht mal gegrüßt.«

Anton grinst unsicher.

»Ich hab sie gefragt, ob sie auch zu der Party kommt, und gesagt, dass du auch da bist, da hatten die beiden es plötzlich schrecklich eilig. Hätten fast vergessen, zu bezahlen.«

»Idiot, warum hast du das getan?«

»Immerhin wart ihr fast ein halbes Jahr zusammen.«

»Das ist ewig her, oder?«
»Du brauchst gar nicht sauer zu werden. Hat sie Schluss gemacht? Ist das das Problem?«
»Klappe.«
Mikkel schnappt sich Antons Tragetasche, holt die Cola raus und schraubt den Deckel ab. Nimmt einen Schluck. Rülpst.
»Jehovas Zeugen gehen nicht auf Feste. Jedenfalls nicht auf solche Feste. Sie nicht.«

Mikkel starrt geistesabwesend aufs Meer. Anton hat sich einen Platz in einer Mulde mit Rückenlehne gesucht und die Hand tief in der Chipstüte versenkt. Er sieht ein bisschen verletzt aus. Sara blättert in einer Zeitschrift. Aus ihrer Tasche piepst es. Sie nimmt das Handy und schaut aufs Display.
»Mist. Ich bin gleich wieder da.«
Sie läuft die glatten Felsen hinauf und verschwindet auf der anderen Seite, während sie leise telefoniert.

»Es lag an Thereses Vater«, sagt Mikkel nach einer ganzen Weile. »Er hat ihr verboten, mich zu treffen. Er hätte eine sehr spezielle Weihnachtskarte bekommen, wie er sagte. Irgendein Vollidiot hat Therese und mich zusammen fotografiert, das Bild in einen Umschlag gesteckt, *Frohe Weihnachten* daraufgeschrieben und es an ihre Eltern geschickt. Das war der Grund. Ihr Vater hat bei mir angerufen und mir gedroht, die Polizei zu rufen, falls ich mich nicht von ihr fernhalte. Verstehst du?«

»Das hat ihr Vater wirklich gesagt?«

»Jepp.«

»Ist der völlig bekloppt, oder was? Wegen einer Weihnachtskarte?«

»Das war ein Foto, Anton. Bist du blöd, oder was? Was glaubst du, was auf dem Foto zu sehen war?«

»Woher soll ich das wissen …«

»Denk mal scharf nach.«

Anton sieht Mikkel an. Reißt die Augen auf. »Nein!«

Mikkel nickt.

»Oh, Scheiße!«, platzt Anton heraus.

19

Es wird plötzlich kalt. Als hätte jemand die Sonne abgeschaltet.
Mikkel knibbelt an einem Stück Schorf auf seinem Knie.
»Ich will nicht mehr darüber reden«, sagt er. »Wäre ganz gut, wenn ihr es für euch behaltet.«
»Klar«, sagt Elin, irgendetwas muss sie schließlich sagen. »Ich werde nichts sagen.«
Sie hat Flecken vor den Augen. Ihr ist schlecht.
»Ich kapier bloß nicht, wie jemand so krank sein kann«, sagt Anton und stemmt sich hoch. Er knüllt die leere Chipstüte zusammen und lässt sie auf die Grasbüschel fallen. Tritt mit dem Fuß darauf. Sieht zur Felskuppe hoch. »Wo ist eigentlich Sara abgeblieben?«

Die Übelkeit setzt sich unterm Zwerchfell fest – nicht dass Elin sich übergeben müsste – aber sie hat Dornen, spitze Dornen. Mikkel steht auf.
»Kommt ihr mit schwimmen?«
»Ich bleibe hier«, sagt Elin. »Muss gleich nach Hause.«
Mikkel nickt. Drängt nicht, flachst nicht rum wie sonst. Vielleicht liegt es an dem tragischen Geheimnis, das sie jetzt teilen, das muss erst einmal sacken. Die Jungs klettern nicht hoch auf die Felsen wie sonst. Sie laufen einfach ins flache Wasser und schwimmen langsam zum Ponton. Reden. Leise.

Soll sie Mikkel davon erzählen? Aber dann muss sie die ganze Wahrheit sagen. Dass sie dabei war. Dass sie das Foto auch gesehen hat. Nein, sie kann nichts sagen. Es ist nicht ihre Schuld. Mikkel hat sich auf dem Ponton ausgestreckt. Anton versucht, sich hochzuhieven. Sie stellt sich vor, wie das Wasser kleine Perlen auf der Haut der Jungs bildet. Perlen, die eintrocknen und unter der Sonne verdunsten.

»Wieso badest du nicht, Elin?«
Sara kommt von oben herunter und lässt sich neben ihr aufs Handtuch fallen. Lächelt sie mit weißen, ebenmäßigen Zähnen an. Elin hat Lust, sie zu schlagen, stellt es sich lebhaft vor: die Hand auf ihrer Wange, die Röte, die sich über ihr Gesicht ausbreitet.
Sara beugt sich vor. »Ist was? Wo sind die Jungs?«
Elin zeigt zum Ponton. »Da draußen«, sagt sie tonlos. Steht auf und legt das Badetuch zusammen.
»Gehst du schon?«
»Wonach sieht es aus?«

Anton kommt angelaufen und schnappt sich sein Handtuch. Das nasse Haar steht von seinem Kopf ab, und für einen Augenblick vergisst er, den Bauch einzuziehen. »Du musst doch nicht so früh weg?«, fragt er.
»Doch.«
»Aschenbrödel«, flachst Mikkel, »muss immer vor allen anderen nach Hause.«

»Aber am Ende hat sie den Prinzen gekriegt«, schnauft Anton.
»Im Märchen, ja«, sagt Sara und schickt Elin einen sauren Blick.
Das hätte sie sich sparen können. Elin geht zu Sara und bückt sich zu ihr runter, dass ihre Haare Saras Wange berühren.
»Ich weiß, was du getan hast«, sagt sie leise. »Schalt also besser ein paar Gänge runter.«

20

Vor dem Laden ist es flirrend heiß. Georg sitzt im Schatten und studiert die alte Eisreklame von Hennig Olsen.
Wenn Georg hier ist …, denkt Elin und kriegt wieder diese merkwürdig weichen Knie. Sie versucht, ruhig zu atmen. Das bildet sie sich bloß ein. Dass Georg und Kato zusammengehören.

Georgs Bauch spannt wie eine Trommel unter den Hosenträgern. Eine Schweißwolke schlägt ihr entgegen. Sie würde ihm gern die Stirn trocken wischen. »Magst du ein Eis, Georg?«
Er sieht sie an und lächelt.
»Lollipop?«
»Ja. So eins.« Georg zeigt auf das Plakat. Ihre Handflächen kribbeln.
»Wartest du auf jemanden, Georg?«
Aber sie weiß die Antwort bereits. Fühlt es.

Es dauert einen Moment, bis sie sich an die Dunkelheit im Laden gewöhnt hat. Frau Meyer steht auf einer Trittleiter und füllt Waren in die Regale. Kato steht an der Kasse und blättert in einer Zeitschrift. Sein Haar ist in einem dicken Pferdeschwanz zusammengefasst. Elin nimmt sich einen Korb und geht durch den Laden. Steckt die Hand in den Gefrierschrank und nimmt ein Päckchen Hackfleisch und eine Packung Seelachsfilet mit Zwiebelkruste heraus. Sie sieht ihren Händen dabei zu, wie sie Milch, Brot und … Porree in den Korb legen. Sollte sie wirklich Porree kaufen?

Die alte Frau Meyer wackelt auf ihrer Leiter und beklagt sich wie gewöhnlich über das Leben, das ihr arg zusetzt. Auf den alten Holzdielen stehen Kisten mit Trockenwaren, Seife und Konserven. Die Schaufenster sind noch immer leer. Eine dicke graue Staubschicht verrät, dass Frau Meyer in diesem Jahr hinter ihrem Zeitplan liegt. Normalerweise sind die Schaufenster schon dekoriert, bevor sie den Laden zur Sommersaison öffnet. Dann stehen dort in der Regel Spielzeug, Plastikeimer und Schippen, ein paar billige Puppen und gern zwei, drei Autos. Elin stellt sich am Kassentresen an. Sie traut sich nicht, ihn zu grüßen, kennt ihn schließlich nicht so gut. Er dreht sich um und sieht sie an. Sieht müde aus, hat dunkle Ringe unter den Augen.
»Ich hab dich gestern gesehen«, sagt er.
»Aha. Wo?«
»Im Garten nebenan. Du hast gelesen.«
»Ja …«
»Liest du viel?«
Sie nickt. Interessiert ihn das wirklich? Oder fragt er nur, um etwas zu sagen? Er trommelt leise mit den Fingern auf dem Tresen. Sie sagt, dass sie ihn auch gesehen hat. Im Garten von Edmund Dal. Klingt ein bisschen dämlich, als wäre das ein Wettkampf oder so.

Frau Meyer schnappt nach Luft und legt die letzten Schokoladentafeln an ihren Platz. »Ich frage mich, was im Kopf der Leute vor sich geht. Da fahren sie lange Strecken, um billige Lebensmittel aus riesigen Supermärkten zu hamstern. Bald kommen sie nur noch hierher, wenn der Tabak ausgegangen ist oder sie ein kaltes Bier haben wollen.«
Sie schlappt in schief gelaufenen Gesundheitssandalen hinter den Tresen. Der rote Lippenstift klumpt auf den gespitzten Lippen. Die Falten malen ein Netz aus Straßen und Pfaden in das magere Gesicht. Und ihr Mundgeruch zieht einem die Schuhe aus. Wenn der Tod einen Geruch hat, kann er nicht schlimmer sein als Frau Meyers Atem.
»Wollt ihr was haben oder steht ihr nur dumm rum?«, kläfft sie.
Elin nickt Kato zu. »Er war vor mir da.«
Kato schiebt die Hand in die Tasche und zieht einen Zettel heraus.
»Zwanzig Prince mild. Für meine Mutter.«
»Ist das alles?«
»Ja.«
»Wohnst du nicht in dem hässlichen Wagen von Edmund Dal?«
»Das ist ein Wohnwagen.«
»Ich weiß, dass das ein Wohnwagen ist.«
Frau Meyer sieht den Zettel gar nicht an. Jemand hätte ihn warnen sollen, denkt Elin. Jemand hätte ihn darauf vorbereiten sollen, wie Frau Meyer sein kann.

»Es ist nur so ...« Frau Meyer lehnt sich über den Tresen, »... dass ich deine Mutter überhaupt nicht kenne, weißt du. Womöglich willst du das Päckchen Zigaretten für dich haben.«
»Ich bin nicht so blöd, zu rauchen. Sie ist krank. Sie hat den Zettel unterschrieben.«
Er schiebt den Zettel näher zu ihr.
Frau Meyer kneift die Augen zusammen. Ihr Atem strömt mit kurzen Pfeifern aus ihrem Mund. Sie beugt sich noch weiter über den Tresen und schiebt das Kinn vor. »Dann sollte sie auch nicht rauchen!«

Er ist einfach gegangen. Der Zettel liegt noch da. Frau Meyer fegt ihn auf den Boden, nimmt Elins Korb und hämmert die Waren in den alten Kassenapparat.
»Sonst noch was?«
»Zwei Lollipop. Ach ja, und das Übliche für Oma.«
Frau Meyer seufzt. Weil sie wieder auf die Leiter steigen muss. »Grüß sie von mir«, sagt sie und wirft eine Packung Tidemanns Tabak auf den Tresen.

21

Sie hätten nicht hierherkommen sollen, sie hätten es wie immer halten sollen. Auf irgendeinen Campingplatz fahren, eine Hütte mieten, in der Menge der anderen Campinggäste verschwinden. Am besten wären sie zu Hause geblieben, in der Stadt. Dort ist es einfacher, auf Henny aufzupassen. Hier ist alles so eng, Hütten und Häuser und überall Zeugen.

»Warte!« Georg läuft ihm überall hinterher wie ein treudoofer Hund. Irgendjemand hat ihm ein Eis gegeben, es tropft über seine Hand. Von seiner Stirn tropft es auch. Kato versteht nicht, wieso Dal ihm keine T-Shirts kauft anstelle der steifen Hemden, mit denen er rumläuft. Seine Klamotten sind tipptopp in Ordnung. Kato hat das Bügelbrett im Wohnzimmer gesehen. Wahrscheinlich bügelt Dal abends die Hemden, ehe er sich schlafen legt.
Georg schnappt nach Luft. »Kato wütend?« Er hält ihm das Eis hin.
»Nein, danke. Von wem hast du das Eis, Georg?«
Georg grinst mit feuchten Wassereislippen. »Elin ist lieb.«
»Okay …«
»Elin ist hübsch.«
Kato gibt ihm einen leichten Klaps auf die Schulter. Guten Geschmack hat der Bursche jedenfalls. »Georg?«
»Hä?«
»Ich weiß, dass dein Vater nicht raucht, aber kennst du vielleicht jemanden, der raucht?«

Georg schüttelt heftig mit dem Kopf. Das große braune Muttermal unter seinem Auge tanzt hin und her.
Kato seufzt. »Nein. Dachte ich mir schon.«

Henny schläft immer noch. Kato schmiert Georg ein paar Scheiben Brot und verfrachtet ihn ins Wohnzimmer, legt einen Film ein. Heute gibt es viel Fernsehen. Er macht den Abwasch und räumt Edmund Dals Küche auf. Bringt den Abfall weg und macht die Waschmaschine an, ehe er nach draußen geht. Das Gras reicht ihm bis über die Knöchel, es muss unbedingt gemäht werden. Henny macht ja nichts. Am besten fängt er gleich damit an. Der Rasenmäher steht im Schuppen. Er sammelt Zapfen und Zweige zusammen, ehe er loslegt. Konzentriert sich auf das treue Tier, das das lange grüne Gras in sich reinfrisst und als kurze Halme wieder ausspuckt. Der Schweiß läuft ihm den Rücken runter, aber das ist gut, das ist wie Rudern, er sammelt seine Gedanken um eine einzige Aufgabe: den getrimmten Golfplatz, der mit jeder Bahn wächst. Er hebt einen Zapfen aus dem Gras auf und spürt es wie ein Prickeln im Nacken, das Gefühl, von jemandem beobachtet zu werden. Wahrscheinlich Georg, der bei irgendwas Hilfe braucht, einen anderen Sender einstellen oder noch ein Brot schmieren. Irgendwas ist immer. Er dreht sich um und denkt, dass er sich zusammenreißen muss. Jetzt nicht ungeduldig mit Georg werden. Aber es ist nicht Georg.

Die Einkaufstüten hängen wie große Gewichte an ihren Händen, die Tasche hat sie über die Schulter gehängt. Elin. Er lässt den Rasenmäher stehen und geht zum Zaun. Presst die Lippen zusammen und verschließt das Gesicht, wie er es gewohnt ist. Das ist am sichersten. Und sowieso ist es besser, wenn sie gleich wieder geht.

Ihr Haar ist in zwei lockeren Zöpfen geflochten. Sie trägt eine weiße, ärmellose Bluse und eine abgeschnittene Jeans, die ihr bis knapp über die Knie reicht.
»Dal ist nicht zu Hause, falls du was von ihm willst.«
»Ich will nichts von Dal.«
»Nicht?«
Sie bleiben jeder auf seiner Seite der Gartenpforte stehen. Georg hat einen *Tom & Jerry*-Film eingelegt und auf volle Lautstärke gestellt. Sie sieht zum Haus. »Georg?«
Er nickt und verdreht die Augen. Braucht nichts zu sagen. Ihnen ist beiden klar, dass Georg nicht weiß, wo oben und unten bei der Fernbedienung ist. Sie stehen da und lauschen, bis der Ton jäh verstummt.
»Da hat er wohl doch die richtige Taste gefunden«, sagt Kato.
Sie lacht, beugt sich vor und wühlt in einer der Tüten. Erzählt irgendetwas von Frau Meyer, der der Laden gehört, meint, er solle sich nichts draus machen, sie wäre schon immer ein richtiger Drachen gewesen, grummelig zu allen. Besonders zu Neuen.

»Und du bist ja neu hier«, sagt sie, sieht ihn an und reicht ihm etwas: ein Päckchen Tabak, wie es aussieht. Tidemanns rote Mischung.
»Bitte«, sagt sie. »Den kannst du haben.«

11

»Ich kann nicht drehen«, sagt er.
»Das kann ich für dich machen.«
Das kommt etwas zu schnell, vielleicht wird sie deshalb rot. »Ich drehe Oma immer welche«, erklärt sie.
Er macht ihr das Gartentor auf. »Wenn du Lust hast.«
»Klar.«
Sie folgt ihm in den Garten.
»In dem Stuhl da lagen immer große weiße Kissen«, sagt sie und zeigt zu dem alten Korbstuhl unter der Kastanie. Er hat ihn selbst dorthin gestellt, direkt neben das Vogelbrett, um die Vögel zu zeichnen, wenn sie kommen. Aber noch haben sie sich nicht an ihn gewöhnt. Bisher hat er erst ein paar Skizzen von einer Blaumeise gemacht. Dal hat ihm ein Vogelbuch geliehen, damit er die Vogelnamen danebenschreiben kann.
Sie redet weiter. Kato hört nicht richtig zu, findet, dass sie viel zu laut spricht, denkt, dass sie Henny wecken könnte. Deswegen schlägt er vor, in den Wohnwagen zu gehen. Sie fragt nicht. Aber er sieht es ihr an. Dass sie den Vorschlag etwas seltsam findet.
»Meine Mutter schläft«, erklärt er. »Ich habe keine Lust, sie zu wecken.«

Sie steht im Wohnwagen und starrt an die Decke. Als hätte sie dort etwas ganz Besonderes entdeckt an der hässlich vergilbten Fläche, die dringend mal wieder geputzt werden sollte. Aber er mag es so. Er schiebt den Stapel Zeitungen unters Bett und rafft ein paar Zeichenblöcke zusammen. Die Bleistifte können liegen bleiben, wo sie sind, das ist eine gästetaugliche Unordnung. Da gibt es andere, weniger erfreuliche Varianten. Hennys Anbau zum Beispiel, wenn sie einen schlechten Tag hat, oder ihre Wohnung in der Stadt. Er bringt schon lange keine Freunde mehr mit nach Hause. Weil er sich dann nicht entspannen kann. Er weiß ja nie, wie sie gerade drauf ist. Vielleicht ist sie unterwegs, vielleicht liegt sie im Bett. Oder sie sitzt in der Küche und raucht. Da ist sie am häufigsten anzutreffen. Wenn sie nicht arbeitet. Was vorkommt, aber nicht mehr so oft wie früher. Besser, wenn niemand davon erfährt.

Elin setzt sich auf die Schlafbank, öffnet das Päckchen und zieht lange braune Tabakfäden heraus. Ihm fällt nichts ein, worüber er sich mit ihr unterhalten kann. Ihr scheinbar auch nicht. Er fragt sie, ob sie Durst hat, hat sie aber nicht. Einen Apfel will sie auch nicht. Sie befeuchtet die Innenseite des Zigarettenpapiers mit der Zungenspitze. Ihre Hände arbeiten routiniert und schnell.

»Was fehlt deiner Mutter?«

»Bloß was mit dem Magen …«

Sie zupft einen Tabakkrümel von der Zunge und wischt ihn an der Hose ab. »Blöd, bei so schönem Wetter krank zu sein.«

»Ja, wohl wahr.«

Er geht zur Tür, macht sie auf und sieht hinaus. Sicherheitshalber schließt er ab. So geräuschlos wie möglich, aber Elin hört das leise Klicken des Schlosses trotzdem.

»Warum schließt du ab?«

»Georg kann etwas distanzlos sein, dann kommt er ohne Klopfen hier reingerauscht.«

Das ist erst einmal passiert, aber das muss er ihr ja nicht erzählen.

Sie beugt sich wieder über den Tisch. Die Haut in ihrem Nacken ist weiß, fast durchsichtig. Wie bei Georg, wenn der im Boot sitzt und den Kopf nach vorne neigt: weiße Haut über dem Hemdkragen. Ein kleiner Streifen Haut, der fast nie Sonne abbekommt. Empfindlich und nackt. Er könnte sich vorstellen, sie zu zeichnen. Es gefällt ihm, nach markanten Zügen im Gesicht eines Menschen zu suchen, die er sich merken und auf Papier festhalten kann. Ihre Nase, zum Beispiel, die ist markant. Lang, aber nicht ganz gerade. Nicht so schnell zu vergessen.

»Gemütlich hier«, sagt sie unvermittelt.

»Ja, ganz in Ordnung.«

Sie sieht sich um. Sieht zu dem Stuhl, auf dem der Skizzenstapel mit ein paar Bleistiften und dem Knetgummi liegt, das er für Kohlezeichnungen braucht.

»Hast du die Zeichnungen gemacht?«

»Ja.«

»Darf ich sie mir ansehen?«

»Ich weiß nicht, ob schon was zum Zeigen dabei ist.«
Die Worte bleiben zögernd in der Luft hängen. Sie dreht weiter. Inzwischen liegt schon eine beachtliche Menge Zigaretten auf dem Tisch. Er mag die kleinen blassen Sommersprossen auf ihrer Oberlippe.
»Hast du jetzt was?«, fragt sie.

Er blättert den Stapel durch und findet ein paar Skizzen, mit denen er ganz zufrieden ist. Hauptsächlich Vögel, eine Bachstelze und ein paar Meisen. Ein paar Zeichnungen zeigen Georg im Boot. Georg muss ziemlich oft als Modell herhalten. Georg mit den Schwabbelwangen, eine unförmige Teigmasse. Aber tief in den Hautfalten hat er zwei quicklebendige Augen. Die versucht er einzufangen, wenn er ihn zeichnet. Und Georg liebt es, Modell zu sitzen. Nur nicht zu lange am Stück. Man muss ihn mit irgendetwas locken und ihn überlisten.
Elin ist ganz von allein hergekommen.

Sie nimmt sich Zeit, die Zeichnungen anzugucken.
»Die musst du seinem Vater zeigen«, sagt sie. »Genauso sieht Georg aus, das ist er. Wie kriegst du das bloß hin?«
»So besonders ist es auch wieder nicht.«
Sie sieht von dem Stapel hoch und lächelt ihn an.
»Du brauchst gar nicht so bescheiden zu sein.«

23 Warum hat sie das gesagt? Dass es hier gemütlich ist. Ist es ja gar nicht. Es ist hässlich. Der Polsterbezug, zum Beispiel. Braun-gelbes Karo mit tausend Brandlöchern. Die Gardinen ebenfalls kariert, aber rosa und blau. Das passt überhaupt nicht zusammen. Und die mottenzerfressenen Kissen wurden bestimmt schon mehrmals recycelt, ehe sie auf dieser Schlafbank gelandet sind. Aus dem einen staken ein paar schwarze Federn. Aber das Schlimmste ist der Geruch. Es riecht nach altem, saurem Rauch und gebratenem Speck, wie in einer Kneipe.

Es ist gemütlich, hier zu sein. Das wollte sie sagen. Weil überall Papier und Bleistifte herumliegen, unter dem Tisch und auf der Bank. Aber hauptsächlich wohl, weil er auf dem Stuhl vor ihr sitzt. Aber das kann sie ja schlecht sagen. Dass sie es seinetwegen gemütlich findet.

Er verschränkt die Hände hinter dem Nacken und streckt die langen Beine aus, dabei stößt er mit einem Schuh gegen ihren Fuß. Sie zieht den Fuß ein kleines Stück weg. Nimmt mehr Tabak aus dem Paket. Er riecht süßlich und irgendwie bitter. Gut. Ihre Finger formen die widerspenstigen Tabakfäden zu einem schmalen Streifen auf dem Blättchen. Sie denkt an Sara. Es ist so gemein, was sie getan hat. Sie will sie nie wieder sehen. Aber sie weiß nicht, wie sie das anstellen soll. Was sie sagen soll.

Er schließt die Tür wieder auf und geht raus in den Garten. Lauscht. Kommt wieder rein, ohne abzuschließen. Bleibt stehen. Spielt mit den dunklen Holzperlen des Armbandes, das er ums Handgelenk trägt. Wirkt rastlos. Fragt, ob sie noch lange braucht.

»Ich bin jetzt fertig.«
Zehn weiße Zigaretten in einer ordentlichen Reihe. Sie will gehen. Er sagt, dass er sie nicht hetzen will. Es ist wegen seiner Mutter, er muss nachschauen, wie es ihr geht.
»Kein Problem, ich muss sowieso nach Hause.«
Sie steht auf und hebt die Einkaufstüten hoch.
Aber irgendetwas scheint er noch zu wollen, weil er sie in der Tür aufhält. »Hast du vielleicht Lust auf einen Bootsausflug? Irgendwann. Ich darf mir Edmund Dals Boot ausleihen. Wir könnten zu einer Insel fahren.«
Sein Blick flackert unsicher, vielleicht befürchtet er, dass sie Nein sagt.
Sie zögert ihre Antwort ein wenig hinaus. Versucht, nicht zu zeigen, was sie fühlt. Schließlich sagt sie: »Ja, gern.«
»Wo wohnst du?«
»In dem weißen Sommerhaus am oberen Ende vom Blindveien.« Sie erklärt ihm, wie er dorthin kommt. »Ich habe ein Handy. Schick mir doch einfach eine SMS.«
Er beugt sich vor und legt einen Finger auf ihren Nasenrücken, genau dahin, wo der kleine Knick ist.
»Ich komme lieber irgendwann vorbei«, sagt er und hält

ihren Blick einen kurzen Moment lang fest. Sein Finger ist trocken und warm. »Weißt du, dass du eine verdammt hübsche Nase hast, Elin?«, sagt er.

Er heißt Kato und wird bald sechzehn. Jetzt lehnt er sich über das Gartentor und schaut hinter ihr her. Sein Blick ist wie ein warmer Sonnenstrahl im Rücken, der sie über den Kies hebt und davonträgt. Die Tiefkühlwaren in der Tüte schlagen gegen ihre Wade. Die Milch ist wahrscheinlich sauer. Oben auf dem Ausguck sitzt Veronika und raucht. Elin geht einfach weiter. Gleich kann er sie nicht mehr sehen.

24

Brüder sind nicht immer nutzlos. Hin und wieder sind sie ganz okay. Håvard hat Oma beim Essenvorbereiten geholfen und alles getan, um ihr eine Freude zu machen, indem er Kaffee gekocht und den Tisch abgeräumt hat. Darum hat Elin beschlossen, ihn zu einer kurzen Audienz später in ihrem Zimmer einzuladen. Sie hat ihm sogar in Aussicht gestellt, dass er ein paar Seiten aus ihrem alten Tagebuch lesen darf, das seit Jahren im Sommerhaus liegt.

Beim Anblick des Tagebuches wird Håvard rot bis an die Haarspitzen. Er setzt sich aufs Bett und schlägt die erste Seite auf. Mit einem nicht ganz sauberen Zeigefinger folgt er den schnörkeligen Buchstaben, die Elin dort hineingekritzelt hat, als sie in der Vierten war.

Seine blonden Haare kringeln sich über der Stirn.

»Wer ist Tommy?«, fragt Håvard.

»Ein Junge, in den ich ein bisschen verliebt war. Steht das da nicht?«

»Da sind nur Herzen. Hast du nie was mit den Jungs unternommen, in die du verliebt warst?«

»Nein. Doch. Wir haben *Uno* und *Schweinewürfeln* gespielt.«

Håvard schlägt sich mit der Hand vor die Stirn und stöhnt.

»Findest du meine Nase hübsch, Håvard?«

»Hübsch?«

»Ja.«
»Hat dir jemand gesagt, dass deine Nase hübsch ist?«
»Kannst du nicht einfach auf meine Frage antworten?«
»Und wenn ich sie nicht hübsch finde?«
»Findest du sie nicht hübsch?«
»Das hab ich nicht gesagt. Warum eigentlich ausgerechnet die Nase?«
»Vergiss es, okay?«
»Völlig in Ordnung, Sis.«
»Sis?«
»Das ist Englisch und bedeutet Schwester. Mann, bist du ungebildet.«

Håvard blättert weiter. Aber da er kaum jemand von denen kennt, die im Tagebuch erwähnt werden, verliert er schnell das Interesse. »Steht da wirklich nichts über mich?«
»Håvard«, sagt sie und tätschelt ihm den Kopf.
Håvard nutzt die Gelegenheit, sich auf dem Bett auszustrecken. Es ist eine richtig gut gefederte alte Federkernmatratze und Håvard ist ganz neidisch darauf. Er blinzelt. Die Nacht bei Tore war kurz und gestritten haben sie sich auch noch. Er ist froh, dass sie morgen mit Oma in die Stadt fahren. Da kann Tore sich schön alleine langweilen.
»Hoffentlich verliebe ich mich auch mal irgendwann«, sagt Håvard. »Mädchen sind viel netter als Jungs.«
Stadtausflug, das hat sie völlig vergessen. Das heißt, dass

sie den ganzen Tag weg sind. Hoffentlich kommt Kato nicht ausgerechnet dann. Das wäre wieder typisch.

»Håvard?«
»Ja, hier.«
»Wie findest du meine Nase?«
»Machst du Witze? Ich war fast eingeschlafen.«
»Das ist kein Witz.«
»Muss ich darauf antworten?«
»Gerne.«
»Okay, sie ist etwas bucklig, sonst aber ganz in Ordnung.«
»Bucklig?«
»Ja, nicht ganz gerade eben.«
»Du findest sie also hässlich.«
»Das waren nicht meine Worte.«
»Håvard, kein Kind redet so. Das klingt arrogant, du wirst in der Schule gemobbt deswegen.«
»Werde ich schon«, sagt Håvard gähnend, »aber das ist mir egal.«

Bevor sie sich schlafen legt, schaut sie noch mal auf ihr Handy. Zwei unbeantwortete Anrufe und eine Textmeldung von Sara.

Wir müssen reden! Vieles, was du nicht weißt! Ruf mich an!!! S.

Sara ist jetzt unter Druck. Geschieht ihr recht. Elin löscht die Meldung und schaltet das Handy aus. Sie hat keine Lust, sich um Sara zu kümmern. Ihr gehen ganz andere Dinge durch den Kopf. Soll Sara ihr Chaos doch selbst in Ordnung bringen.

25

Henny hat über dreizehn Stunden geschlafen. Sie sagt, sie hätte die ganze Zeit von Essen geträumt. Will auf der Stelle Frühstück haben, draußen im Garten.

»Eier und Bacon«, sagt Henny. »Davon hab ich geträumt, Kato. Dann muss ich wirklich Hunger haben.«

Ein gutes Zeichen? Die Sonne scheint und Henny hat Appetit. Kato nimmt Eier aus dem kleinen Kühlschrank im Wohnwagen. Er schlägt sie am Pfannenrand auf und lässt sie hineinlaufen. Denkt an Elin, während er auf die Eier aufpasst. Das mit der Nase hätte er nicht sagen sollen. Das war dumm, das hätte er sich verkneifen sollen. Mädchen wollen nicht hören, dass sie hübsche Nasen haben, sie wollen hören, dass sie gut aussehen, oder? Die Sonne versucht, sich durch die karierten Gardinen zu mogeln, er zieht sie auf. Wo wohnt Elin noch gleich? Blindveien irgendwas. Am liebsten würde er jetzt gleich zu ihr gehen. Aber Henny geht vor. Henny geht immer vor.

Er setzt Wasser auf und nimmt Pulverkaffee aus dem Schrank. Schenkt Saft in zwei Gläser. Deckt den Tisch in der Sonne hinter dem Wohnwagen. Den Platz hat er gewählt, obwohl der Boden dort ziemlich uneben ist, durch das Gras und weil überall Wurzeln aus der Erde kommen. Deshalb steht der Tisch etwas schief. Aber hier hat man Morgensonne und ist von der Straße kaum zu sehen. Er hat Brot geröstet und Käse und Marmelade hingestellt. Er weiß, was sie mag.

Sie geht barfuß über den Rasen und kneift die Augen zu, weil die Sonne so grell ist. Langes weißes T-Shirt über rosa Jogginghose. Das Haar klebt am Kopf. Das ist seine Mutter. Seinetwegen könnte sie ruhig mehr auf ihr Äußeres achten. Aber das tut sie nur, wenn sie in die Stadt fährt. Dann steht sie lange vor dem Spiegel und zieht sich was Sauberes an. Er schiebt den Gedanken beiseite. Jetzt ist sie auf alle Fälle nüchtern. Das ist schon mal gut.

Sie essen Eier und Butterbrote in der Sonne. Henny sagt nicht viel. Schaut ab und zu von der Zeitung auf. »Du hast das Salz vergessen.«
Er geht rein und holt den Salzstreuer.
Sie dreht das Gesicht in die Sonne und schließt die Augen. Sitzt einfach da, die Hände über dem Schoß gefaltet, und schweigt. Er fragt, ob sie Kopfschmerzen hat. Sie zieht die Schultern hoch. »Jaja, aber die hab ich immer, das weißt du doch.«

»Wo hast du den Tabak herbekommen?«
»Von einer Nachbarin.«
Sie nickt, hakt nicht weiter nach, und er hat auch keine Lust, mehr zu erzählen. Er betrachtet ihr Gesicht und denkt an andere Gesichter, die er gesehen hat. Die Mut-

ter von Atle, zum Beispiel, seinem Mitschüler. Ein rundes, freundliches Gesicht. Anny fällt ihm ein, eine Lehrerin an seiner Schule, immer zum Lachen aufgelegt. Edmund Dal, wenn er Georgs Wange streichelt und glaubt, dass niemand es sieht. Henny erwidert seinen Blick, aber es ist, als hätte sie einen Schleier vor den Augen. Das Licht dort drinnen ist verloschen. Sie interessiert sich für nichts mehr.

Er wartet noch ein wenig, sammelt Mut. Er muss es tun. Er hat in den letzten Tagen ziemlich viele leere Flaschen im Anbau gefunden. Und Tüten mit leeren Flaschen im Abfalleimer. Sie gibt sich nicht einmal Mühe, es zu verbergen. Dabei hat sie ihm versprochen, sich zusammenzureißen, als sie hier runtergefahren sind. Und das Versprechen hat sie gehalten. Behauptet sie. Hier trinkt sie nichts. Sagt sie.

»Nur, wenn du in die Stadt fährst?«

»Ja.«

Er weiß, dass das nicht stimmt, aber auch dafür hat sie eine Erklärung. Sie hat immer eine Erklärung. Außerdem sei er ein Moralapostel, sie kennt niemanden, dessen Kinder so rummäkeln wie er. Die ihre Augen überall haben, einem hinterherspionieren und Flaschen zählen. Nervtötend ist das. Sie lehnt sich über den Tisch. »Darüber haben wir schon häufiger gesprochen, Kato. Hör endlich auf, mir auf den Geist zu gehen.«

Edmund Dal kommt in Arbeitskleidern und mit dem Werkzeugkasten in der Hand über den Hofplatz. Er scheint früh aufgestanden sein, Georgs Hosen und Hemden hängen schon auf dem Wäscheständer hinter dem Haus. Jetzt steuert er auf ihren Frühstückstisch zu. »Hier sitzt ihr und versteckt euch«, sagt Edmund Dal und hat sogar recht.
Er holt sich einen Campingstuhl und setzt sich zu ihnen. Nickt Henny zu. Sie schlägt den Blick nieder, mag nicht, wie er sie ansieht. Nicht, wenn sie so dasitzt und sich überhaupt nicht zurechtgemacht hat.
Aber Edmund Dal sitzt gut auf seinem Stuhl. »Schöner Tag heute«, sagt er.
Henny nickt. »Ja. Aber viel zu warm.«
Edmund Dal lacht. »Über Wärme beschwere ich mich ganz bestimmt nicht.«
Henny antwortet nicht. Sie nippt an ihrem Kaffee und sieht sauer aus.

Dal schlägt vor, dass Henny und Kato eine Tour mit dem Boot zusammen machen. Sie ist ja noch nicht mal am Strand gewesen. Und es gibt so viele schöne Stellen, zu denen man rudern kann. Es geht doch nicht an, dass die Ferien irgendwann vorbei sind und sie nicht einmal das Meer gesehen hat oder baden war.
»Ich kann das Meer doch vom Grundstück aus sehen«, sagt Henny. »Das reicht mir.«
Dal sagt nichts mehr. Er hat einen losen Nagel unter der

Tischplatte ertastet. Er steht auf, holt den Hammer aus seinem Werkzeugkasten und schlägt den Nagel mit ein paar Schlägen wieder ein. Henny zuckt zusammen.

Dal sieht sie an. »Schade, dass Sie das Essen verpasst haben. Und dass wir drei alleine essen mussten.«

Henny beeilt sich, die Kaffeetasse an den Mund zu führen, aber ihre Hand zittert und ein paar Tropfen Kaffee fallen auf ihr weißes T-Shirt. Sie nuschelt irgendetwas Unverständliches in die Kaffeetasse.

Dal ist noch nicht ganz fertig. »Kato war ziemlich traurig. Für ihn hat es mir eigentlich am meisten leidgetan. Georg und ich, wir haben ja uns, wissen Sie.«

Etwas an der Art, wie er mit ihr redet, lässt Kato aufhorchen. Als hätte er verstanden, wie alles zusammenhängt. Dass es keine Freundin gibt. Und keinen Gallenstein. Trotzdem stellt er Fragen, tut so, als wüsste er von nichts. Henny klammert sich an die Tasse, knallrot im Gesicht. Das Zittern wird schlimmer.

»Und was ist mit dem Gallenstein? Ist er weg?«

»Ja.«

»Schön zu hören. Und wie hieß noch gleich die Freundin, bei der Sie waren?«

Wie sie hieß? Kato hat ihr keinen Namen vorgegeben. Er sieht Edmund Dal an. Noch nie hat jemand so mit seiner Mutter gesprochen. Die meisten meiden sie einfach. Henny starrt verkrampft in ihren Kaffeebecher. Sie kann genauso schlecht lügen wie er.

»Helene«, sagt sie, ohne aufzusehen. »Helene Wang.«
»Helene Wang …« Edmund Dal kaut regelrecht auf dem Namen herum. »Die kenne ich nicht, glaube ich.« Er steht auf, blinzelt Kato zu und schlendert zu seinem Wagen. Natürlich hat er es verstanden, ein Blick auf Henny reicht wahrscheinlich, um das meiste zu verstehen. Wenn man es darauf anlegt.

Henny wartet, bis Edmund Dal weggefahren ist. Dann sagt sie, dass sie nicht länger hierbleibt, wenn er sie weiter so ausquetscht, als wäre er ihre Mutter. Kato lässt sie reden. Sie sagt, dass sie erschöpft ist. Deprimiert. Sie überlegt, ob sie sich nicht einfach wieder hinlegen soll. Da weiß er, wie die nächsten Tage aussehen werden. Er muss auf sie aufpassen. Überall sind Zeugen. Und wie ihre Hände zittern. Zigaretten hat sie glücklicherweise fürs Erste genug. Wenn er nur wüsste, wo sie ihr Flaschenlager hat. Den Besuch bei Elin muss er auf einen anderen Tag verschieben.

28

Es ist zum Aus-der-Haut-Fahren! Kapiert sie denn gar nichts? Glaubt Sara wirklich, dass Elin nach dem, was passiert ist, noch Lust hat, sich mit ihr zu treffen? Offensichtlich. Sie steht nämlich in der Tür und unterhält sich mit Oma, als ob nichts gewesen wäre. Aber ganz so ist es wohl doch nicht. Saras Lächeln ist eine gespannte Saite, die jeden Augenblick reißen kann.

»Kommst du mit raus?«, fragt Sara.

»Es ist schon ziemlich spät. Fast zehn.«

»Wir gehen nicht weit.«

Gar nicht so einfach, Nein zu sagen, wenn Oma mit gespitzten Ohren danebensteht. Aber sie verschwindet schon aus der Küche, hat die richtige Antenne.

»Okay.«

Elin wirft sich eine Jacke über die Schultern. Knöpft sie zu. Das dauert.

Sie gehen zum Laden. Sie wird jedenfalls nicht den Anfang machen. Das Gleiche denkt Sara offensichtlich auch, da sie fast schon bei den Postkästen sind, als sie den ersten Laut von sich gibt.

»Du hast nicht auf meine SMS geantwortet.«

»Nein.«

Sara sieht sie an. »Hast du jemandem davon erzählt?«

Elin bleibt stehen. Alles liegt in diesem Blick von Sara: wie die zukünftigen Sommer aussehen werden. Wenn alle es wissen. Das kann sie verstehen. Sara, die ungekrönte

Königin des Strandes, die immer kriegt, was sie will. Natürlich hat sie keine Lust, diesen Status zu verlieren.

»Ist das das Einzige, worüber du dir Gedanken machst?«, fragt Elin. »Dass du womöglich alleine auf den Badefelsen sitzen musst?«

»Nein, aber kannst du mir jetzt vielleicht mal antworten?«

»Was glaubst du?«

Sara antwortet nicht.

»Ich begreif nicht, wie du das tun konntest, Sara. Das ist so gemein.«

Sara steht stumm vor ihr und steckt die Schläge ein. »Da ist noch was, etwas, das du noch nicht weißt«, sagt sie leise.

»Und was soll das sein?«

Sara schlägt vor, ein Stück von der Straße wegzugehen, ehe sie weiterreden. Sie möchte vermeiden, dass jemand sie hört. Elin würde am liebsten umkehren. Aber Sara ist so aufgewühlt und niedergeschlagen, dass sie doch mitgeht.

Sara hat die Kapuze über den Kopf gezogen und die Hände in die Taschen gesteckt. Sie überqueren die Straße und folgen dem Pfad über das Feld runter zum Hafen. Bis ans äußere Ende des Stegs gehen sie. Dort ist es ganz still. Keine Menschenseele weit und breit. Nur das leise Glucksen der Wellen, die gegen die Bootswände schlagen. Ein

grünes Holzboot ist zwischen zwei großen Segelbooten eingeklemmt. Edmund Dals Boot.
Elin spürt wieder das Ziehen im Bauch. Ist plötzlich wieder in dem engen Wohnwagen, spürt seinen Fuß unter dem Tisch. Sie streicht sich mit dem Finger über den Nasenrücken. Das Boot könnte einen Abschliff gebrauchen und eine Schicht neue Farbe. Die grüne Farbe blättert an mehreren Stellen ab. Auf einer Ruderbank liegt ein vergessener Sonnenhut. Er hat nicht gesagt, wann er kommen will. Morgen vielleicht?

»Kommst du?«
Sara sitzt auf der Stegkante. Ihr Ton stört Elin, provoziert sie. Sie will nicht noch mehr über Sara wissen. Trotzdem setzt sie sich neben sie. Überlegt, wie sie es sagen soll. Dass es eine Grenze gibt, die Sara überschritten hat. Dass sie kein Interesse an solchen Freunden hat.

»Ich muss dir was sagen«, fängt sie an, wird aber von Sara unterbrochen.
»Ich dir auch«, sagt Sara, noch immer mit der Kapuze auf dem Kopf. »Es gibt etwas, das du nicht weißt. Du glaubst wahrscheinlich, Therese wäre zuerst mit Mikkel zusammen gewesen. Dass die beiden das Paar des Sommers waren. Das glaubst du, stimmt's?«
Elin sieht sie an. »Was willst du damit sagen?«
Sara sagt, dass das alle geglaubt haben. Aber so war es

nicht. Am Anfang der Sommerferien letztes Jahr nämlich, bevor Elin gekommen ist, war sie fast zwei Wochen mit Mikkel zusammen.

»Im Ernst, Sara? Du warst letztes Jahr mit Mikkel zusammen?«

»Ja. Aber das wusste keiner. Wir haben viel zusammen unternommen, waren ein paarmal bei ihm zu Hause. Dann kamen Anton und Anne Gro. Und später du. Und da war es dann irgendwie vorbei. Und dann ist Therese aufgetaucht. Den Rest kennst du ja.«

»Davon hast du ja gar nichts erzählt?«

»Konnte ich nicht«, antwortet Sara. »Mikkel hatte mich gebeten, den Mund zu halten. Er wollte nicht, dass jemand von uns erfuhr. Natürlich hätte ich das Foto nicht schicken dürfen. Das weiß ich auch. Aber ich war so wütend auf Therese. Sie hat ihn sich einfach genommen!«

»Und das wolltest du dann auf deine Art regeln? Dich rächen?«

Sara verzieht den Mund zu einem schmalen Strich. Sagt, dass es zu spät ist, es ungeschehen zu machen. Egal, wie sehr sie es auch bereut, hilft das jetzt auch keinem mehr.

Elin sagt nichts. Ist überhaupt von Bedeutung, was sie denkt?

Eine Möwe ist gleich hinter ihnen auf dem Steg gelandet. Sara entdeckt einen toten Krebs. Sie bricht die weiße Schale auseinander und zerbröselt sie hitzig zwischen den

Fingern. Bewirft die Möwe damit, die sich ein paar Schritte verzieht.
»Hast du vor, was zu sagen?«
In ihrer Frage schwingt eine dünne Bitte mit. Sara lässt die Krebsreste ins Wasser rieseln, wischt sich die Hände ab.
Elin ist es nicht gewohnt, Macht über jemanden zu haben. Weiß nicht, ob ihr das gefällt. »Das musst du in dem Fall schon selber machen«, sagt sie.

Sara schlingt ihre Arme um Elins Hals. Eine merkwürdige Umarmung ist das. Irgendwie unwirklich. Sie fühlt Saras Atem an ihrer Wange, merkt, dass ihr Sara plötzlich zu viel ist, sie ist zu nah, ist ihr zu dicht auf die Pelle gerückt. Sie will das nicht.
»Was wolltest du eigentlich sagen?«, fragt Sara.
»Weiß ich nicht mehr.«
»Na, dann kann es ja nicht so wichtig gewesen sein.«
Sara lässt los und steht auf. Lacht jäh und unerwartet. Der hohe, verstimmte Ton schreckt die Möwe auf. Sie hebt vom Steg ab und fliegt mit spitzen Schreien aufs Meer hinaus.

27 Es ist ja gar nicht so, dass sie nicht raus oder einkaufen gehen will. Es wäre nur ärgerlich, wenn er ausgerechnet kommen würde, wenn sie weg ist. Lesen geht auch nicht, weil sie sich nicht konzentrieren kann.
Stattdessen hat sie im Sommerhaus gesaugt. War im Küchengarten und hat Unkraut gejätet. Ein Regentropfen trifft die Scheibe der Glasveranda und rinnt langsam daran herunter. Davor schlängelt sich der Sandweg wie ein graues Band am Haus vorbei. Niemand ist unterwegs. Sie bleibt sitzen und wartet auf den nächsten Regentropfen.

Was hat er eigentlich gesagt? Dass er irgendwann vorbeikommen will? Aber wann genau? Ein Fahrrad fährt am Haus vorbei, ein schwarzer Südwester ragt über die Hecke. Sie erkennt Georgs verrostete Fahrradklingel.

Ihre Handynummer wollte er nicht haben. Warum eigentlich nicht?
Ich komme lieber irgendwann vorbei, das hat er gesagt.
Lieber.
Irgendwann.
Wahrscheinlich hat er das nur aus Freundlichkeit gesagt. Die Leute sagen eine Menge Dinge, die sie nicht wirklich meinen.

Apropos. Was ist mit Samstag? Da sind Oma, Håvard und sie den ganzen Tag in der Stadt gewesen. Da könnte er vorbeigekommen sein. Das wäre durchaus möglich.

Sie geht in ihr Zimmer. Zieht ihr T-Shirt aus und wühlt in der Schublade, findet einen roten Pullover, den sie über den Kopf zieht. Sie schminkt sich und fährt sich ein paarmal mit der Bürste durchs Haar. Lässt es offen. Nicht nachdenken, nur raus hier. Bevor sie es sich anders überlegt.

Es ist ruhig und schön in dem alten Garten. Es regnet nicht mehr. Die Sonne dringt durch die Wolkendecke und die Regentropfen glitzern auf den Blättern. Die Feuchtigkeit im hohen Gras dringt durch ihre Stoffschuhe. Auf der Wäscheleine hängt nasse Wäsche, grauweiße, ziemlich große Unterhosen, eine hellblaue Jogginghose und ein paar Socken. Ein Eichhörnchen flitzt mit schlagendem Schwanz den Kastanienbaum hoch. Die Gardine im Wohnwagen ist zugezogen. Aber sie sieht ein gelbes Licht dahinter. Sie klopft an. Wartet. Klopft noch einmal. Nichts.

Seine Converse-Schuhe liegen auf der Treppe vor dem Anbau. Er hat sie nicht aufgeschnürt, einfach nur abgeschüttelt. Sie liegen auf zwei verschiedenen Stufen, die Spitzen voneinander abgewandt. Er hat große Füße. Sie stellt die Schuhe nebeneinander vor die Tür. Zuckt zusammen. Hört Stimmen. Jemand ruft etwas dort drinnen.

Eine Frauenstimme. »Das ist doch kein Leben, verdammt noch mal!«
Dann ein Scheppern, ein Knall. Irgendetwas trifft den Boden. Sie geht rückwärts, springt die Treppe runter und läuft über den Platz vor dem Haus. Macht nicht einmal das Tor hinter sich zu. Hat fast vergessen, warum sie gekommen ist, was sie überhaupt hier wollte.

28

Kato steht am Fenster und sieht Elin in der Kurve verschwinden. Er hätte die Tür aufmachen und sie reinlassen sollen. Aber es ging nicht, weil Henny hier liegt. Er konnte sich nicht überwinden.

Henny schiebt das Frühstückstablett weg. Er nimmt es und stellt es auf die Kommode. Sie liegt im Bett, gegen ein paar Kissen gelehnt, die er aus dem Wohnwagen geholt hat. Sie hat den Tagesrhythmus auf den Kopf gestellt. Schläft im Morgengrauen ein und isst mittags Frühstück. Er kann jetzt gehen, sagt sie. Sie will alleine sein.

»Ich muss arbeiten.«
Sie behauptet, dass sie mitten in einem Experiment mit Farben steckt. Unterschiedliche Nuancen, kalte und warme Schattierungen. Das Glas mit den Pinseln steht in der Waschschüssel, dick und steif vom gestrigen Malschub. Er hat den Stapel Aquarellpapier auf dem Arbeitstisch gesehen. Braune und graue Farbfelder, grobe Pinselstriche, bei denen er an Schlamm denken muss.

Die leeren Flaschen hat sie hinter dem Bett und im Schrank versteckt. Er muss gar nicht danach suchen, weiß auch so, dass sie dort sind.
Irgendwo muss sie ein Lager haben. Aber das hat er noch nicht gefunden.

Er versucht, sie im Auge zu behalten. Aufzupassen, dass sie nicht rumkrakeelt und nichts kaputt macht oder einsaut. Aber alles kann er nicht schützen. Auf den weißen Bettüberwurf hat sie Rotwein gekleckert, genau wie auf den Flickenteppich vor dem Bett. Und das Bild über dem Bett hat eine ordentliche Macke im Rahmen. Er begreift nicht, wie sie das schafft. Er legt den Holzboden mit Zeitungspapier aus, damit er keine Farbkleckse abbekommt. Aber die Rotweinflecken sind die schwierigsten. Henny kümmert das alles gar nicht. Sie behauptet, mit Gallseife bekäme man alles weg, aber das stimmt nicht, nicht alles, das weiß er aus Erfahrung.

Er setzt sich und nimmt einen Block. Beginnt, sie zu zeichnen. Elin. Er zeichnet, woran er sich erinnert, das Gesicht, die Zöpfe, die schmale, lange Nase, ihren Mund. Sieht sie vor sich am Tisch sitzen, nach vorn gelehnt, mit gebeugtem Nacken, die Zigarettenblättchen zwischen den Fingern, den Tabaksbeutel. Ein Blatt nach dem anderen füllt sich mit Skizzen von Elin, es ist fast, als wäre sie wieder hier bei ihm im Wohnwagen. Nur ihre Augen kriegt er nicht richtig hin.

Er nimmt ein neues Blatt, um etwas anderes zu zeichnen. Etwas, das er vor Augen hat. Die Schlafbank. Sie ist hässlich, der Bezug ist grauenvoll. Kariert und voller Flecken. Es darf ruhig hässlich sein. Das macht das Zeichnen reizvoller. Brandlöcher, Flecken und Spinnweben erzählen

mehr als saubere Flächen. Der Raum hat sich verändert, seit sie ihn besucht hat. Der Garten auch. Das lässt sich nicht in Worte fassen. Und nicht in seinen Zeichnungen einfangen. Gefühle sind schwer zu zeichnen.
Es klopft. Dreimal, fest. Edmund Dal steht in der Tür und winkt mit zwei Bechern und einer Thermoskanne. Er ist frisch rasiert und duftet nach Seife und Rasierwasser.
»Lust auf einen Plausch unter Männern?« Edmund Dal grinst. »Georg guckt Kinderfernsehen. Ich bin zu alt für so was, die schreien die ganze Zeit nur rum. Bin froh, wenn ich das nicht gucken muss.«

Kato räumt die Zeitungen von der Schlafbank. Im Grunde genommen hat er längst damit gerechnet, dass Edmund Dal irgendwann genug hat. Sie sind wohl kaum die Feriengäste, die er sich vorgestellt hat. Henny sollte sich um den Garten und den Hausputz kümmern, doch das meiste übernimmt Kato für sie. Aber er hat keine Ahnung, was er mit den Rosen machen muss.

Edmund Dal setzt sich auf die Schlafbank und gießt zwei Becher Kaffee ein, reicht Kato einen. Dann beugt er sich über den Zeichenblock.
»Der Wohnwagen. Hast du den gemalt?«
»Das sind nur Skizzen.«
Elin hat gesagt, er soll Dal die Zeichnungen von Georg zeigen.

Kato sucht also den Stapel und legt ihn vor Dal auf den Tisch. »Das ist Georg.«
Ein bisschen stolz ist er schon, einige Zeichnungen sind richtig gut geworden.

Edmund Dal blättert vor und zurück. Es sind alle möglichen Varianten von Georg dabei. Georg im Boot und Georg mit Sonnenhut, auf dem Sofa mit der Fernbedienung in der Hand, Georg auf der Treppe beim Vogelfüttern. Und mehr. Edmund Dal hängt über den Zeichnungen, nickt, blättert vor und zurück.
Am Ende schüttelt er den Kopf. »Wo hast du so Zeichnen gelernt?«
»Ich hab mir Bücher angeguckt. Bin viel in Museen und Galerien. Habe versucht, die großen Maler zu kopieren. Am liebsten male ich Porträts. Außerdem hatte ich in der Mittelstufe einen guten Kunstlehrer.«
Edmund Dal nickt interessiert. »Und was hat der gesagt?«
»Dass ich weitermachen soll mit dem Zeichnen.«
»Und was sagt deine Mutter dazu?«
»Sie weiß nichts davon.«
Warum will er unbedingt wissen, was Henny sagt? Kato hat keine Lust, ihr die Zeichnungen zu zeigen. Sie hat in den letzten Jahren vielleicht zwei, drei von ihren Bildern verkauft. Er kann sich vorstellen, dass sie verletzt wäre oder wütend, wenn sie seine Arbeiten sehen würde.

Kato nippt an dem sauren Kochkaffee. Auf der Oberfläche schwimmen kleine Fettperlen. Eigentlich findet er Edmund Dals Kaffee scheußlich. Aber mit der Zeit hat er sich fast daran gewöhnt. So wie er sich an Georg gewöhnt hat, das Boot, den muffigen Geruch im Wohnwagen. An die Unterhaltungen mit Edmund Dal über alles Mögliche.

»Etwas kalt, der Kaffee«, sagt Dal.

»Schon in Ordnung.«

»Nein, ich muss eine neue Thermoskanne besorgen.«

»Hm.«

»Georg hustet heute etwas. Hoffentlich wird es nicht schlimmer.«

»Probieren Sie es doch mit Hustensaft.«

»Hab ich auch schon gedacht. Werde morgen welchen besorgen.«

»Vielleicht geht es ja von alleine vorbei.«

»Ja, möglich.«

Jetzt trinken sie ihren Kaffee aus und dann wird er es sagen. Dass es ihm am liebsten wäre, wenn sie abreisen würden.

Edmund Dal geht zum Spülbecken und schüttet den letzten Rest Kaffee aus. Schraubt den Deckel auf die Thermoskanne. Sagt, dass er Henny die letzten Tage gar nicht mehr draußen gesehen hat.

»Deine Mutter scheint sich hier nicht sehr wohlzufühlen, kann das sein?«

»Es ist nicht nur das. Sie ist gern für sich allein.«

»Es gibt nur euch zwei, nicht wahr? Ich meine, außer ihr hast du niemanden, oder?«

»Nur meine Oma, aber die ist im Pflegeheim. Dann habe ich noch einen Onkel in Australien. Der züchtet Pferde. Ich kenne ihn aber nicht näher.«

»Aha.«

Edmund Dal sieht aus dem Fenster zum Anbau. Er nimmt Thermoskanne und Becher und wünscht ihm eine gute Nacht. Schlendert über den Rasen, leicht gebeugt, alt. Er hat mit keinem Wort gesagt, dass sie nach Hause fahren sollen.

29

Endlich ist Anne Gro da. Ihr heiseres Lachen hallt von den glatten Felsen wider durch die kleine Bucht. Sie hat sich mit Häkelzeug und Garnknäueln in einer Mulde nah am Wasser niedergelassen. Sieht aus wie eine Farbpalette mit dem feuerroten Haar, dem grünen Bikini und der kreidebleichen Haut. Die Fußbekleidung ist die gleiche wie im letzten Jahr, zwei schwere schwarze Militärstiefel. Anne Gro ist zwei Jahre älter als Mikkel und Anton, geht auf die weiterführende Schule und will was ganz Großes werden. Das sagt sie jedes Jahr, sie weiß nur noch nicht genau, was.

Anton und Mikkel planen ihr Fest. Langsam nimmt es Form an. Beginnt zu schillern wie die Bierflaschen, die zum Kühlen im flachen Wasser liegen werden. Es riecht schon jetzt nach Lagerfeuer und verkohlten Würstchen. Oder sollen sie das mit dem Grillen bleiben lassen?
»Ist mir egal«, sagt Mikkel. »Mir würden auch Chips oder so was genügen.«
»Aber ein Lagerfeuer ist schön«, sagt Sara. »Das ist so stimmungsvoll.«
Sie rückt näher an Mikkel ran. Sie sitzen nebeneinander auf Saras Handtuch, zwischen sich einen schmalen Streifen Sommerluft. Sara spinnt ein unsichtbares Netz um Mikkel, kreist ihn ein. Flirtet. Elin sieht in die andere Richtung. Übers Meer. Hält nach einem grünen Boot Ausschau, das nicht auftaucht.

Anne Gro zieht das Knäuel hinter sich her und setzt sich zu Elin. Sie hat ein neues Piercing in der Augenbraue. Einen glänzenden Silberring.
»Kommst du auch zu dem Fest?«
»Glaube schon.«
Elin hat nicht weiter über das Fest nachgedacht. Sie weiß noch nicht genau, ob sie Lust hat.
»Klar kommst du!«
Anne Gro stupst sie an. Sie häkelt einen blauen Lappen, der eine Mütze werden soll, erklärt sie. Sie will alles, was sie in diesem Sommer häkelt und bastelt, verkaufen. Sie hat schon über zweitausend Kronen damit verdient. Für die Interrailtour, die sie nach der Schule machen will. Sie hält eine Stofftasche auf und zeigt Elin den Inhalt. Gehäkelte Baskenmützen und Fingerhandschuhe, ein paar Schmuckstücke und Perlentiere in knalligen Farben.
Elin hat in der Schule keine einzige Handarbeit vollendet. Immer ist ihr kurz vor Schluss die Nadel rausgerutscht und das Ganze ist aufgeribbelt. Anne Gro zeigt ihr, wie sie die Häkelnadel und das Garn halten muss.
»Ich habe noch mehr Häkelnadeln dabei«, sagt Anne Gro. »Und ein eigenes Knäuel kannst du auch kriegen. Fang am besten mit einem Topflappen an, das ist am einfachsten.«

Nach einer Weile hat sie einen merkwürdigen kleinen Lappen zustande gebracht, der weder rund noch viereckig ist. Das spielt keine Rolle, sagt Anne Gro, man kann aus allem

etwas machen. Egal. Wann und wie auch immer. Einfach ausprobieren!
Wenn Anne Gro doch nur länger bleiben würde, denkt Elin. Und wenn sie doch nur gleich alt wären. Aber sie reist immer nach wenigen Wochen wieder ab. Schade.

»Mikkel! Kannst du mir den Rücken eincremen?«
Sara hat sich auf den Bauch gedreht. Mikkel streckt den Arm aus und wühlt in Saras Tasche. Sprayt eine dünne Schicht Creme auf Saras Rücken. Verteilt sie mit den Händen. Sara schließt seufzend die Augen.
»Ich übernehme gern die Vorderseite.« Anton grinst.
Manchmal ist er so bescheuert. Elin legt das Häkelzeug weg, geht an den Rand des Stegs und springt ins Wasser.

Sie schwimmt vom Ufer weg, weit raus, dreht sich auf den Rücken und ruht sich aus, lässt sich im Wasser treiben und schaut zu den Schäfchenwolken hoch. Wenn sie jetzt einen Krampf kriegt, schafft es keiner, sie zu retten. Sie würde ganz ohne Zeugen ertrinken. Sie spinnt den Gedanken weiter, wie es wäre, auf den Grund des Meeres zu sinken, ohne eine Spur zu hinterlassen. Manchmal fühlt sie sich wie jemand, der keine Spuren hinterlässt.

»Wo warst du?«, fragt Sara, cremeselig und frisch eingeschmiert.
»Ich war schwimmen.«

»Aha.«

Sara mustert sie über den Rand ihrer Sonnenbrille. »Ich hab nicht mal gemerkt, dass du weg warst. Sag das nächste Mal Bescheid, dann können wir zusammen baden.«

»Okay.«

Genau das. Dieser oberfreundliche Unterton in Saras Stimme. Den mag sie nicht, der ist nicht echt. Sie glaubt ihr nicht. Die Geschichte, dass sie und Mikkel im letzten Jahr zusammen waren. Vielleicht stimmt es ja, aber sie könnte es genauso gut erfunden haben, um sich wichtig zu machen. Sara setzt sich auf und sucht etwas in ihrer Tasche, reicht Elin eine Packung Maryland Cookies.

»Magst du?«

»Ja, danke«, antwortet Elin höflich.

»Schöner Badeanzug«, sagt Sara und legt sich wieder auf den Bauch.

»Neulich hast du aber was anderes gesagt«, protestiert Anton. »Du hast gesagt …«

»Klappe!«, fällt Sara ihm ins Wort und blinzelt Elin an. »Hör gar nicht auf ihn. Er will dich nur ärgern.«

30

»Ich hab Gunde gefragt, ob er Bier besorgen kann«, sagt Anton und hustet.
Er hat sich eine Zigarette angezündet. Balanciert den Glimmstängel zwischen Daumen und Zeigefinger, schiebt das Kinn vor und schaut aufs Meer. Der dünne Flaum auf seinem Kinn verdeckt die Pickel kaum. Er schafft es einfach nicht, so entspannt und cool wie Mikkel zu sein. Und Mikkel muss sich noch nicht einmal Mühe geben. Er scheint es im Blut zu haben.
»Er meinte, er würde es machen, wenn er zur Party eingeladen wird.«
»Typisch«, stöhnt Mikkel. »Sag mal, wie alt ist der Kerl eigentlich?«
»Auf alle Fälle über zwanzig. Er hat schon immer gern mit Kleinkindern gespielt«, sagt Anton und grinst.

Alle wissen, dass Gunde im Sommer Bier für die Jugendlichen besorgt, aber keinen interessiert das so recht. Er wohnt das ganze Jahr auf der Insel und arbeitet bei der Tankstelle. Einmal hat er mit einer Qualle nach Elin geworfen. Sie war in ihrem Gesicht gelandet. Genau über Mund und Nase. Einen Augenblick lang hat sie keine Luft gekriegt. Aber das ist lange her. Elin streckt sich aus und schlägt ihr Buch auf. Manche Dinge sind nur so schwer zu vergessen.
»Liest du schon wieder?«
Mikkels Sommersprossen ziehen sich in einem dichten

Streifen über die Nase, gleich purzeln sie auf ihr Handtuch. Er schnappt ihr das Buch weg und betastet den Umschlag mit nassen Fingern.
»Lass das, das Buch wird ja ganz nass!«
»*Das Parfüm. Die Geschichte eines Mörders.* Ist das gut?«
»Ich bin noch nicht sehr weit.«
Er hält ihr das Buch hin, aber als sie es nehmen will, zieht er es plötzlich wieder weg. Fängt ihren Blick ein.
»Du bist so ernst, Elin. Kommst du auch zur Party?«
»Vielleicht.«
»Das ist keine Antwort. Du musst Ja oder Nein sagen.«
»Natürlich kommt sie«, sagt Anne Gro.
Mikkel lässt das Buch los. »Schön. Wir brauchen noch ein paar Mädels, weißt du.« Er grinst Anton breit an.
»Hallo? Was willst du damit sagen. Wir brauchen noch ein paar Mädels?« Anne Gro ist mit einem Satz aus ihrer Mulde. Jeder ihrer 182 Zentimeter steht unter Hochspannung.
Mikkel verdreht die Augen. »Nur, dass es toll wäre, wenn ein paar nette Mädchen dabei sind, und Elin ist ein nettes Mädchen. Muss ich alles, was ich sage, noch mal extra für dich übersetzen?«
»Ja. Ich kann es nicht leiden, so bezeichnet zu werden.«
»Ich würde auch im Traum nicht darauf kommen, dich so zu bezeichnen.«
»Und wie möchtest du genannt werden?«, kommt es sauer von Sara.

»Ich habe einen Namen, wie wär's damit?«
»Also echt, ist das denn so wichtig?«, mischt Anton sich ein. »Ob ich nun nettes Mädel zu dir sage oder einfach nur Anne Gro, kommt doch aufs selbe raus. Das sagt man eben so.«
»Nicht man«, korrigiert Anne Gro ihn. »Jungs reden so. Über Mädchen. Dass genügend Mädels dabei sein sollen, heißt übersetzt, dass ihr Auswahl haben wollt, stimmt's?«
Mikkel stöhnt laut und schlägt sich mit der flachen Hand vor die Stirn.
Anne Gro beugt sich vor und schlägt Anton mit der flachen Hand auf den Hinterkopf. »Stimmt's?«
»Ist das jetzt auch verboten? Ich hab nicht vor, sie zu vergewaltigen.«
Die Äußerung kommt nicht gut an. Es ist plötzlich ganz still. Selbst die Möwen in der Rellingbucht halten den Schnabel.
»Kannst du das Letzte noch mal wiederholen, Anton?«
Anne Gros Haar sieht aus, als würde es jeden Augenblick Feuer fangen.
Sie drückt ihm die halb fertige Häkelmütze auf den Kopf und sagt, dass er vergessen kann, mit ihr zu feiern, wenn er noch mehr solche miesen Chauvi-Sprüche von sich zu geben gedenkt.
»Respekt, Anton. Ein unbekanntes Wort für dich, was?«
»Halt die Klappe«, murmelt Anton.
Die glänzende Perle in Anne Gros Unterlippe zittert

kampflustig. Sie nimmt ihm die Zigarette aus der Hand und drückt sie so energisch aus, dass sie auf der feuchten Stegplanke zischt. Setzt sich rittlings auf seinen Rücken. Kitzelt ihn durch.

»Lass das!«

»Entspann dich. Ich will dich nicht vergewaltigen, Anton.«

»Verdammt!«

Anton windet sich unter Anne Gro, aber sie hat ihn auf dem Steg festgenagelt und presst ihm die Luft aus den Lungen, er hat keine Chance. Mikkel sitzt in sicherer Entfernung und grinst.

»Wie soll man Mädchen behandeln, Anton? Sag es ganz frei heraus!«

Antons fiepsende Stimmbänder sind zum Zerreißen gespannt.

Anne Gro tätschelt ihm die Wange.

»Na, Kleiner …«

»Mit Respekt, verdammt noch mal«, stöhnt Anton.

31

Es ist Samstag, die Musikanlage dröhnt laut, oben auf dem Ausguck wird ein Fest gefeiert. Die pastellfarbene, frisch frisierte Gästeschar wiegt sich hin und her. Es müssen mehr als dreißig Leute sein. Hier unten ist es etwas ruhiger, denkt Kato, als er den Abwasch nach dem Essen macht. Zwei Teller, zwei Gläser, zwei Messer und zwei Gabeln. Ein Topf. Alles hat Platz auf dem Ständer neben dem Spülbecken. Heute gab es Würstchen und Kartoffelpüree. Henny hat kaum was gegessen. Jetzt ist sie wieder in ihr Zimmer geschlurft und hat sich für den Abend abgemeldet. Das heißt, dass sie alleine sein will.

Die Tür fliegt auf und Georg kommt hereingewalzt wie eine Dampflokomotive, zieht ihn am Arm, will, dass er nach draußen kommt. Auf der Stelle. Raus aus dem Wagen, über den Platz vor dem Haus, Kato lässt sich mitziehen, mitreißen. Er lacht über Georgs kindlichen Eifer. Das tut gut, er hat sonst nicht so viel zu lachen. Manchmal fühlt er sich wie der denkende Teil Georgs, sie beide zusammen ergeben sozusagen einen kompletten Menschen. Er braucht Georg genauso wie Georg ihn.

Georg zieht ihn hinter sich her durch den Garten bis zu den Pflaumenbäumen, die voller kleiner grüner Früchte hängen. Aber es geht noch weiter. Bis hinter die Jasminhecke, von wo man den Fjord zwischen den Kiefern schimmern sieht. Zu dem windschiefen, rot gestrichenen Schuppen, wo Edmund Dal seine Farben und Geräte, Werkzeuge und alte Arbeitskleider aufbewahrt. Hier hat er sein Brennholz gestapelt, große Haufen, damit sie genug für den Winter haben. Hier hat Henny vor einer Woche gesessen. Der Boden ist mit Kiefernzapfen und Nadeln bedeckt, überall stehen kleine moosüberwucherte Baumstümpfe. Es duftet nach Wald. Ein Stück weiter ist nur noch der nackte Felsen. Und noch weiter: das blaue Meer mit kleinen Inseln und Felseninseln. Ist es das, was Georg ihm zeigen will: diese Aussicht?

Aber Georg denkt nicht an die Aussicht. An einem Nagel in der Wand hängt eine schwarz-gelbe Zielscheibe. Ein Dartspiel. Und davor, auf einem Stein: eine Schachtel mit sieben gelben Pfeilen mit rotem und blauem Schaft. Georg hebt die Schachtel auf, hält sie vor sich und hüpft auf und ab, und mit ihm sein Bauch. Er nimmt die Pfeile heraus und gibt sie Kato. Langsam und feierlich. Kato darf als Erster werfen.

Kato geht ein paar Meter zurück und zielt auf die Mitte. Die ersten Pfeile treffen die Wand weit unten. Aber der vierte und fünfte Pfeil landen immerhin schon auf der Scheibe. Georg klatscht in die Hände, geht zu der Wand und zieht die Pfeile raus. Er stellt sich etwas vor Kato, ehe er zu werfen beginnt. Er zielt nicht, wirft die Pfeile einfach irgendwie in die Luft. Kato versucht, es ihm zu zeigen, aber Georg findet es viel lustiger, auf seine Weise zu werfen. Es ist Katos Job, die Pfeile zusammenzusuchen, wenn Georg fertig ist. Ein Pfeil ist im Kriechkeller unter dem Schuppen verschwunden. Kato schiebt sich halb mit dem Oberkörper hinein, es riecht nach Farbe und Erde. Er tastet im Dunkeln herum, zieht einen grünen Tennisball heraus und rollt ihn zu Georg rüber. Danach findet er eine leere verrostete Fischklößchendose aus Bjelland. Den Pfeil kann er nicht finden. Da klirrt etwas auf der Rückseite eines Balkens. Er fühlt sofort, was es ist. Eine Flasche. Zwei Flaschen. Er zieht sie heraus. Zwei Flaschen Wodka. Eine Flasche Gin. Fünf Flaschen Rotwein.

Georg lässt den Tennisball fallen. Er landet mit einem dumpfen Laut auf dem Boden, ohne aufzuspringen. Er starrt die Flaschen an.

»Voll?«

Georg beherrscht die Kunst, sich einfach auszudrücken. Kato schiebt die Flaschen zurück, alle, schiebt sie weit nach hinten. Gibt Georg ein Zeichen, dass er nicht verraten soll, was sie gefunden haben. Sieht in das weiche Gesicht. »Heute Abend machen wir eine Bootstour, Georg.«

Georg strahlt.

»Und du musst mir helfen.«

Georg nickt andächtig. Legt einen Finger an die Lippen.

»Pssst …«

Kato nickt. »Ja, pssst.«

32

Saras Zimmer ist fast so groß wie das Wohnzimmer in Omas Haus. An den Wänden hängen Kunstdrucke in Silberrahmen, eine Serie mit Seerosenmotiven, gemalt von einem Künstler namens Monet. In dem Regal an der einen Wand stehen Souvenirs, die Sara von den Reisen mit ihrer Mutter mitgebracht hat. Miniaturpuppen in Volkstrachten, kleine Krüge und Glasfiguren. An der anderen Wand steht Saras Bett, das momentan mit Hosen und Tops in allen möglichen Farben bedeckt ist. Vor den Sprossenfenstern hängen weiße Spitzengardinen, die mit einem blauen Seidenband zusammengehalten werden. Der Stuhl in der Ecke ist mit dem gleichen hellblauen Stoff bezogen, aus dem der Bettüberwurf ist. Alles gründlich geplant und ausgeführt. Wie ein Hochglanzbild in einem Einrichtungsmagazin.

Trotzdem fehlt hier etwas, ohne dass Elin es genau benennen könnte. In diesem Zimmer sehnt sie sich immer zurück in Omas Sommerhaus. Zu dem abgetretenen Dielenboden, dem Spiegel über der Kommode und dem Regal mit den Krimis und alten Arztromanen. Zu Omas Bildern. Alte Postkarten von Gebäuden aus dem ganzen Land, die Oma gesammelt und gerahmt hat.

Aber jetzt will sie zu einer Strandparty gehen. Sie war noch nie auf so einer Party, hat keine Ahnung, wie das läuft. Weiß nicht, was sie machen muss. Sara hat ihr einen schwarzen Pullover geliehen, der sitzt fast unangenehm eng über der Brust. Aber Sara sagt, dass er ihr steht, dass sie viel erwachsener aussieht. Zu der hellen Jeans sieht das super aus. Meint Sara. Elin schiebt ein paar von Saras Kleidern beiseite und setzt sich auf das Bett. Sie will erwachsen aussehen heute Abend. Erwachsen genug. Wofür, weiß sie noch nicht so genau. Nur dass sie es will.

Es finden mehrere Partys statt. Saras Mutter und ihr Stiefvater haben zum Gartenfest eingeladen. Die Gäste drängeln sich draußen auf der Terrasse, in Anzügen und Kleidern, klackernden Absätzen und klingelnden Gläsern. Sie reden alle durcheinander und lachen laut. In der Küche stehen Kästen mit Bier und Wein, bestimmt ist der Kühlschrank bis obenhin voll. Eine gigantische Stereoanlage sorgt für Stimmung. Hier wird so schnell niemand ins Bett gehen. Ein Partyservice bringt Tapas-Platten, zwei Männer in weißen Hemden sind gerade dabei, sie auf die Terrasse rauszutragen. Elin sieht sie mit großen Kisten am Fenster vorbeihasten.

»Kann ich so gehen?«
Sara trippelt in Unterhose auf dem weichen Bettüberwurf herum, um sich selbst ganz im Spiegel zu begutachten. Der Spiegel hängt etwas zu hoch. Sie trägt eine enge rosa Bluse, die möglicherweise ein bisschen zu glitzerig ist, aber Sara meint, mit einer coolen Hose und einer Leder-

jacke drüber würde das super aussehen. Sie wirft Anne Gro einen Blick zu und fragt, was sie meint.
»Coole Lederjacke«, sagt Anne Gro, die seit ihrem letzten Treffen ein paar neue grüne Strähnen im Haar dazubekommen hat. Sie trägt einen rotkarierten Rock, der an einer Seite mit einer Riesensicherheitsnadel zusammengehalten wird. Und darunter löcherige Tights. Ein exotisch süßlicher Duft steigt vom Bett auf, wo sie sitzt. Sie schüttelt die schwarzen Stiefel von den Füßen. Testet die Federung der Matratze.
»Du siehst aus wie eine abgewrackte Punkerin«, stöhnt Sara. »Und riechst auch so.«
»Hi, hi …«
Anne Gro nimmt sich diese Art von Kommentaren von einer zwei Jahre jüngeren Geschlechtsgenossin nicht allzu sehr zu Herzen. Es ist ihr egal, was andere von ihrem Stil halten, sie macht, was sie will. Und in diesen Augenblick würde sie am liebsten ausgestreckt mit einem Bier irgendwo liegen und chillen. Sagt Anne Gro. »Oder? Hallo?« Anne Gro sieht Sara an und nickt zur Tür.
»Ach Gott, ja! Wir brauchen ja noch was zu trinken.« Sara läuft in die Küche und kommt mit drei gekühlten Bierdosen zurück.
Anne Gro klatscht in die Hände und öffnet ihre Dose. »Prost!«
Elin wartet ein wenig, bevor sie den kleinen Metallring nach oben zieht und mit dem Daumen auf die Öffnung drückt, wie sie es bei ihren Eltern gesehen hat.

Sara hebt die Dose und sieht ihr in die Augen. »Prost, Elin.«

»Prost ...«

»Auf eine gute Party?«

»Yes!«, sagt Anne Gro.

»Ja«, sagt Elin.

Das Bier schmeckt stark und etwas bitter. Sie hat noch nie Alkohol getrunken. Aber von Bier wird man nicht betrunken, hat sie gehört. Ein Bier ist wie Schmetterlinge im Bauch. Eigentlich ganz nett. Sie nimmt einen Schluck und überlegt, was eine gute Party ausmacht.

Sara stellt ihr Bier auf dem Tisch vor dem Spiegel ab. Stellt Elin einen Stuhl hin. »Setz dich hierhin.«

Sie sucht in ihrem Schminkbeutel nach Make-up, Puder und Rouge. Lidschatten in allen möglichen Farben, Stifte, Mascara, Konturenstifte, ein ganzer Malkasten. Sie steckt Elins Haar mit einer Klammer hinter dem Kopf fest und verteilt das Make-up mit einem kleinen Schwamm im Gesicht.

»Nimm nicht zu viel«, ermahnt Anne Gro sie vom Bett. »Lass Elin noch Luft zum Atmen. Bei der Behandlung krepiert doch jede Pore. Das reinste Fressen für Mitesser. Die werden schön sprießen. Warte nur, bis du morgen vorm Spiegel stehst ... die Fratze voller schwarzer Mitesser.«

»Igitt!«, platzt Elin heraus.

»Hör nicht auf sie«, sagt Sara und trägt extra etwas mehr auf der Stirn auf.

Elin schließt die Augen und überlässt Sara die Farbwahl. Heute Abend will sie strahlen. Sie will am Strand sitzen und Bier trinken, ganz so, als hätte sie nie etwas anderes getan. Sie ist es leid, dass nie etwas passiert in ihrem Leben. Ist es leid, zu warten. Und an Kato will sie auch nicht mehr denken. Nicht heute Abend. An ihn, der irgendwann bei ihr vorbeikommen wollte. Wahrscheinlich hat er das nur so dahingesagt.

»Erinnert ihr euch noch an Therese?«, fragt Anne Gro. »Die im letzten Jahr mit Mikkel zusammen war?«
»Sie sind nicht mehr zusammen«, sagt Sara knapp.
»So weit war ich auch auf dem Laufenden. Aber ich hatte noch nicht rausgekriegt, was passiert ist. Ich habe Therese gestern auf der Fähre getroffen. Und stellt euch mal vor: Irgendein Idiot hat ein Foto von Mikkel und Therese gemacht, als sie dachten, sie wären alleine, hat es vergrößert und in einem Brief an ihre Eltern geschickt!«
Sara fingert an der Bürste und nimmt einen Schluck Bier. »Krank«, sagt sie nur.
Elin versucht, ihren Blick im Spiegel einzufangen. Klick. Ihre Augen sind vollkommen leer. Abgeschaltet. Kein Kontakt.
»Du musst die Augen zumachen.« Saras Stimme ist scharf. »Und dich entspannen.«

Ihr Gesicht fühlt sich von der Schminke ganz steif an. Sara sagt aber, dass sie super aussieht. Elin betrachtet sich selbst im Spiegel. Super? Eher aggressiv.
»Ich finde, du solltest ein bisschen Farbe von den Brauen abwischen«, kommt es trocken von Anne Gro.
»Findest du, ja?«
Sara räumt ihre Schminksachen zusammen. Überprüft ihre Tasche, ob sie alles dabeihat. Kleingeld für Bier, weil Gunde nie wechseln kann, Schminke und Parfüm. Sicherheitshalber ein Mundspray und eine Packung Kaugummi. Und als Alibi eine große Cola.
»Tarnung«, sagt sie und wedelt mit der Bierdose.
»Prost!«
»Auf die Freundschaft«, fügt Anne Gro hinzu, ziemlich albern eigentlich.
»Freundschaft, ja.«
Sara geht zu Elin und stößt hart mit ihrer Dose gegen Elins. »Oder?«
Elin nickt und führt die Dose zum Mund. Aber es kommen nur noch ein paar Tropfen.
»Hier.« Sara gibt ihr ihre Dose. »Trink aus, dann machen wir uns auf den Weg.«

33

Georg stapft mit dem grauen Rucksack voran. Seine Füße schlurfen über den Sandweg. Er erfüllt den Auftrag mit großem Ernst. Immerhin darf er auch etwas tragen, zwei Flaschen Wein. Die restlichen Flaschen hat Kato in seinem Rucksack. Er hat die Flaschen mit zwei Pullovern für sich und Georg umwickelt. Die Schlüssel für die Bootskette stecken in seiner Tasche.

Es war ganz einfach. Eine abendliche Bootstour mit Georg. Kein Problem. Edmund Dal hat ihnen sogar Proviant mitgegeben. Mandelschnitten und Cola. Kato hat sich noch nicht entschieden, wo er hinfahren will. Ist ja auch egal. Wasser gibt es mehr als genug. Ein großes schwarzes Meer. Sie spazieren den Weg entlang, am Ausguck vorbei, wo Glühbirnen in den Bäumen leuchten. Die Gäste sind um den Tisch versammelt, das Geräusch von Stimmen und Musik steigt zum Himmel. Stühlescharren und Gläserklirren. Gelächter. Eine fremde Welt für ihn.

Die Gurte schnüren sich in seine Schultern. Die Flaschen wiegen mehr, als er gedacht hat. Georg neigt den Kopf vor. In seinem Nacken kringelt sich eine verschwitzte Locke. Kato kann nicht den Blick von ihr wenden. Ohne Georg hätte er diese Tour nicht gemacht. Noch bereut er nichts.
»Schön, dass du mitkommst, Georg.«
Georg dreht sich um und sieht ihn streng an. »Psssst«, sagt er.

34

Elin hatte ja keine Ahnung, wie lustig es ist, Alkohol zu trinken. Und sie hatte auch keine Ahnung, wie viel Spaß es macht, zu feiern. Es ist alles ganz einfach. Man hebt einfach die Bierdose und sagt Prost, schon gehört man dazu.

Anton hat einen tragbaren CD-Spieler mitgebracht und ihn auf die kleine ebene Stelle vor den Felsen gestellt. Aber es tanzt niemand. Die Flammen erleuchten alle Gesichter und sie fühlt sich wie in einer großen Familie. Einer großen, netten Familie. Am liebsten würde sie sie alle umarmen, einen nach dem anderen, ihnen was Nettes sagen. Selbst zu Gunde, den sie eigentlich nicht leiden kann, aber der ihr gerade ein Bier ausgegeben hat.

Da sitzt ja Anne Gro. Hallo, Anne Gro. Elin winkt ihr zu. Anne Gro ist echt cool mit ihrem karierten Rock und den feuerroten Haaren, eine moderne Ronja Räubertochter, denkt Elin. Anne Gro winkt zurück, ruft ihr zu, dass sie rüberkommen soll. Sie sitzt bei Anton, dem Grillmeister des Abends.

Elin hebt die Flasche und hört sich selber klar und feierlich rufen: »Prost, alle zusammen, Prost!«

Und alle antworten, heben ihre Flaschen und prosten ihr zu. Sie lachen, finden sie komisch.

Sara kommt zu ihr und fragt, ob sie schon bezahlt hat. »Für vierzig Kronen kannst du so viele Würstchen und Chips essen, wie du willst.«

Elin fummelt das Geld aus der Jeansjacke. Sie ist überhaupt nicht hungrig, obwohl sie gar nichts gegessen hat. Aber Bier soll ja sehr nahrhaft sein.
Sara steckt die Münzen in einen kleinen roten Beutel. »Anton findet dich übrigens süß.«
»Anton, echt?!«
Sara nickt. »Hast du das noch nicht gemerkt?«
»Nein«, sagt Elin und muss mit einem Mal so lachen, dass ihr das Bier aus der Nase spritzt. Ist doch super, dass jemand sie süß findet. Nur dumm, dass es ausgerechnet Anton ist. Aber auch ein bisschen komisch. Warum, weiß sie auch nicht so genau. Aber Sara findet das offenbar überhaupt nicht zum Lachen.
»Soll ich ihm sagen, dass du interessiert bist?«
»Hä?! Nein, lass das. Natürlich sollst du das nicht sagen!«
»Aber …«
»Anton? Ich bin nicht an Anton interessiert. Wie kommst du darauf?«
Sara antwortet eingeschnappt, dass sie ja wohl nicht wissen kann, an wem Elin interessiert ist.
»Du erzählst ja nie was von dir«, platzt sie heraus.
»Nein. Komisch.«
»Was willst du damit sagen?«
»Vergiss es.«
Sara wechselt das Thema. »Hast du Mikkel gesehen?«, fragt sie.
»Nein.«

»Ich kapier nicht, wo er steckt. Er wollte früh kommen und Anton helfen, den Grill anzuwerfen.«
Darum ist sie so schlecht gelaunt. Elin würde auch gern wissen, wo Mikkel ist. Aber das muss sie Sara ja nicht auf die Nase binden. Sie steht auf und geht zum Feuer, an dem Anton und Anne Gro sitzen. Anton tut, als würde er sie nicht sehen.
Aber so leicht lässt Anne Gro ihn nicht davonkommen. »Anton hat dir einen Platz frei gehalten«, sagt sie und zeigt auf die Wolldecke neben sich. »Da durfte sich niemand anders hinsetzen.«
»Hab ich gar nicht gesagt!«, protestiert Anton.
»Ach so ... bitte tausendmal um Entschuldigung.« Anne Gro grinst.
Elin setzt sich neben ihn. Sagt ihm, dass er sich nicht um Anne Gro kümmern soll.
Sie hat plötzlich Lust, ihm den Kopf zu tätscheln und zu sagen, dass sie weiß, wie er sich fühlt. Aber das könnte Anton vielleicht peinlich sein.
Er steht auf, um ein Würstchen zu holen, bringt bei der Gelegenheit gleich eins für Elin mit. »Besser, du isst was«, sagt er. »Sonst bist du zu schnell voll.«
Er grinst und schiebt sich die halbe Wurst auf einmal in den Mund, sodass seine Wangen ausbeulen. Mit der Pampe im Mund ist es nicht leicht zu verstehen, was er sagt. »Warte, ich muss nur kurz ...«
Anton kaut um sein Leben. Die halbe Wurst scheint seinen

ganzen Kopf auszufüllen. Er fuchtelt verzweifelt mit den Armen. Sein Gesicht hat den Siedepunkt erreicht.
Elin steht auf, um sich noch ein Bier zu holen. Sie kann nicht hingucken, wenn er isst.

35

»Ist der Platz noch frei?«

Es ist Mikkel. Mikkel, der aufkreuzt, wenn das Fest schon in vollem Gange ist. Der im Gras vor ihr steht und sie in weißem Hemd und blauen zerrissenen Jeans anlächelt. Eine Tüte mit Flaschen in der einen, ein Bier in der anderen Hand. Die Tüte klingelt. Tief in ihr drin klingelt es auch. Viele Glocken auf einmal.

»Ich bin etwas spät dran. Wo ist der Rest der Bande?«

Sie zeigt zum Strand. »Schwimmen. Sara und Gunde sind zum Ponton rausgeschwommen.«

»Und du nicht?«

»Nein.«

»Hast du deine Tage?«

Das will sie nicht beantworten.

Er grinst. »Sorry. Hübscher Pulli übrigens.«

»Das ist Saras.«

Mikkel stellt die Tüte ab und setzt sich neben sie. Er riecht gut, was hat er noch vor ein paar Tagen gesagt? Dass sie ein nettes Mädchen ist. Elin ist ein nettes Mädchen, hat er gesagt. Dann ist sie das wohl. Obwohl sie ja findet, dass sich das bescheuert anhört. Aber irgendwie auch schön. Dass er das findet. Egal, was Anne Gro sagt. Sie sieht ihn an und prostet ihm zu. »Prost auch.«

Sie stoßen an. Einmal, zweimal, dreimal. Inzwischen hat sie es gelernt. Sie lernt dauernd was Neues dazu.

Leises Knattern mischt sich unter die Musik aus dem CD-Spieler. Ein grünes Holzboot mit Außenborder fährt durch die Bucht. Zwei schwarze Silhouetten vor dem Himmel. Kato und Georg. Ihr wird ganz heiß. Georg nimmt er mit auf eine Bootstour, Georg ist okay.

Sie folgt dem grünen Punkt mit dem Blick. Das mit Kato hat eh keinen Sinn, sie hat sich doch vorgenommen, nicht mehr an ihn zu denken. Und jetzt sitzt sie hier. Neben Mikkel. Aus der Ferne hört sie Saras Lachen. Anne Gro ruft mit strenger Stimme, dass sie wieder an Land schwimmen soll.

»Sara hat dich schon vermisst.«

»Sara? Wieso das?«

»Na ja … weil du eher kommen wolltest.«

»Jetzt bin ich ja hier. Bei dir«, fügt er hinzu.

Bei dir. Das hat noch nie jemand zu ihr gesagt. *Bei dir*, noch nie auf diese Weise. Schön. Hört sich gut an.

Und plötzlich ist seine Hand da, kriecht über ihren Rücken, legt sich um ihre Taille. Fast wie eine Kralle.

War es nicht das, was sie sich gewünscht hat? Dass etwas Spannendes passiert? Er erwähnt Sara mit keiner Silbe. Und sie schiebt seine Hand nicht weg. Was bedeutet schon eine Hand um die Taille? Ziemlich viel eigentlich. Sie bringt ihren ganzen Körper zum Zittern und sie kann sich nicht mehr rühren. Nicht einmal einen Finger. Nicht einmal ein Augenlid.

»Weißt du, dass du total süß bist, wenn du was getrunken hast?«, sagt Mikkel und sieht selber ziemlich betrunken aus.

38

Wie lange sitzen sie schon hier? Sie hat nicht auf die Uhr geguckt. Der Kahn dümpelt draußen auf dem Fjord. Der Motor ist jetzt aus. Einer von beiden ist aufgestanden. Wahrscheinlich Kato. Sieht aus, als würde er etwas ins Wasser werfen. Mehrere Male. Mikkel legt seine Hand auf ihren Oberschenkel und drückt leicht zu.

»Aber Sara«, sagt Elin und schiebt die Hand weg. Die Worte kommen so schwerfällig, als wäre ihr Mund mit Sand gefüllt.

»Warum redest du die ganze Zeit von Sara? Sara ist mir doch egal.«

Der Unterton in seiner Stimme gefällt ihr nicht, als er das sagt. Sie kann nichts erwidern, kann gar nichts mehr machen, weil sie plötzlich seine Lippen auf ihren spürt, nass und kalt und nach Bier riechend, und etwas Weiches und Feuchtes rollt in ihrem Mund herum, seine Zunge. Und das ist eklig und falsch, als wollte er sie mit seiner Zunge ersticken. So hat sie sich das nicht vorgestellt … Aber sie weiß auch nicht mehr, was sie sich eigentlich vorgestellt hat.

»Nein!«

Er lässt sie los und sieht sie an. Seine Augen glänzen, sein Mund steht halb offen. »Warum machst du solchen Stress?«

Elin weiß nicht mehr, was sie sich gewünscht hat. Das hier jedenfalls nicht. Durch ihr Inneres schwappt eine Welle, ein kleiner Binnensee in ihrem Magen. Mehr Wellen. Sie kriegt kein Wort heraus. Sie muss was trinken. Sie steht auf und torkelt zum Wasser, kniet sich auf einen Stein und legt den Kopf in die Hände. Ihr ist plötzlich furchtbar schlecht. Sie kann doch nichts mehr trinken.

»Das hätte ich nicht von dir gedacht, Elin.«
Sara. Sie zieht die Nase hoch und geht in die Hocke, verliert das Gleichgewicht und fällt rückwärts in den Sand. Elin versucht den Kopf zu heben. Langsam. Alles geht ganz langsam. Saras Gesicht schwingt vor ihr hin und her.
»Sara, mir ist so schlecht.«
»Geschieht dir recht.«
»Aber …«
»Misch dich da nicht ein«, faucht Sara. »Lass deine Finger von Mikkel, sonst …«
Das klingt total kindisch. Kindersprache. Leg meine Schippe hin, sonst … Rühr den Ball nicht an, sonst … Meins, meins, meins!
Elin muss lachen. »Was sonst?«
»Dann erzähle ich es.«
»Jetzt komm ich nicht ganz mit?«
»Dann sage ich es ihm. Dass du das Foto geschickt hast. Das mach ich, ohne mit der Wimper zu zucken.«

Sie meint das tatsächlich ernst. Elin versucht, ihr Gesicht zu fokussieren. Saras Mund sieht plötzlich viel größer aus,

die Nase viel zu klein, das ganze Gesicht irgendwie falsch zusammengesetzt. Merkwürdig. Dabei sagen doch immer alle, dass Sara so hübsch ist.
Ihr wird schwindelig, als sie Sara so ansieht. »Wusste gar nicht, dass du so hässlich bist, Sara.«
Elin legt sich wieder hin und schließt die Augen.

37

Wieso bewegen sich der Himmel und alle Sterne auf sie zu, wenn sie nach oben guckt? Oder der Boden, wieso bewegt sich der Boden die ganze Zeit unter ihr? Wie ist sie hierhergekommen? Sie lehnt sich gegen den Stamm und versucht, die weiße Bank ein Stück entfernt zu fokussieren, die Hjørdis-Bank. Sich mit dem Blick daran festzuhalten. Früher hat auf der Bank immer eine Frau mit Kleid und Mantel gesessen, die keine Sonne vertrug, aber trotzdem alle Stufen nach unten gestiegen ist, um sich aus dem Schatten das Treiben am Strand anzusehen. Sie ist inzwischen gestorben. Die Hjørdis-Bank bewegt sich noch immer, schwankt hin und her. Alles schwankt, nur Elin nicht. Sie versucht, ein paar Schritte zu gehen, das hilft, das ist besser, als still zu sitzen. Wenn es in ihrem Kopf nur nicht so rauschen würde, wenn der Kopf nur nicht so schwer wäre. Die Musik vom Strand ist jetzt viel leiser, sie spielen ein altes Lied: *Je t'aime.* Das optimale Engtanzlied, hat Sara irgendwann mal gesagt, das spielt ihre Mutter immer, wenn ein Fest dem Ende entgegengeht. Wenn die Gäste jemanden brauchen, mit dem sie eng tanzen können. *Je t'aime.*

Für manche ist das Fest noch nicht vorbei, zum Beispiel für Anne Gro. Sie badet in Unterhose und T-Shirt. Anne Gro mit ihren feuerroten Locken alleine in den Wellen. Sie schwankt auch, genau wie die Hjørdis-Bank. Schwankt unermüdlich vor dem Sternenhimmel im Hintergrund.

Elin findet ihre Schuhe beim Lagerfeuer wieder. Sie kann sich nicht erinnern, dass sie ihre Schuhe überhaupt ausgezogen hat. Und wo ist ihre Jacke? Sie geht am Strand entlang, an Gunde vorbei, der den Arm um sie legt und sie an sich ziehen will, sie anfassen will, er stinkt aus dem Mund, sie schubst ihn einfach weg, stolpert weiter, hört ihn lachen, rufen, dass er nicht geglaubt hätte, Elin jemals besoffen zu erleben. Es sticht und hämmert in ihrem Kopf. Besoffen? Sie ist doch nicht besoffen?

Ihre Jacke liegt auf dem Felsen, auf dem sie mit Mikkel gesessen hat. Jetzt nicht daran denken, darüber kann sie später nachdenken, jetzt will sie nach Hause, aber wo ist die Decke?

Unten auf dem Steg sitzen auf der kleinen Bank vor der Felswand zwei dunkle Schattengestalten und flüstern miteinander. Leise Geräusche. Sie sieht Saras nackte Beine, eine Hand auf Saras Rücken, eine Hand, die sich unter ihren Pullover schiebt. Mikkels Hand.

Sie kommt nicht weiter als bis zu der Kiefer. Dort erbricht sie sich über die Hjørdis-Bank. Tröstet sich damit, dass Hjørdis nicht mehr lebt.

38 »Leer«, sagt Georg und lehnt sich über die Bordwand. Das Boot neigt sich kräftig nach links, während die Ringe der letzten Flasche sich über die dunkle Wasserfläche ausbreiten.

»Ja«, sagt Kato, »alles leer.«

Die schlaffen Rucksäcke liegen auf dem Boden. Er schaut zum Ufer, wo das Feuer brennt. Lässt sich von den Geräuschen einfangen, die ihm entgegenströmen, Musik, das Tuckern eines Motorbootes, ein Schrei vom Strand, wo die Jugendlichen feiern. Er hätte auch zum Badestrand fahren und die Flaschen dort verscheuern können, sicher hätte er ein gutes Geschäft gemacht. Er versteht nicht, woher Henny das Geld hat. Oder die Flaschen. Sie muss jedes Mal ordentlich gebunkert haben, wenn sie in die Stadt gefahren ist.

Acht Flaschen auf dem Meeresboden. Er ist gespannt, wann sie es merken wird. Daran ist jetzt nichts mehr zu ändern. Sie braucht Hilfe. Er sieht es an Edmund Dals Gesicht, dass er dasselbe denkt. Georgs Vater ist nicht dumm. Er kann durch Wände sehen, so viel hat Kato gelernt. Und es lässt sich viel herauslesen aus einem Abfalleimer oder der Wäsche an der Wäscheleine. Und vor allen Dingen aus dem, was nicht zu sehen ist. Eine Mutter und ein Sohn im Urlaub.

Georg beugt sich sicherheitshalber noch einmal vor und wirft einen Extrablick in die Rucksäcke. »Leer«, sagt er, fast ein bisschen enttäuscht.

»Das hat dir Spaß gemacht, du Knallkopf, was!?«
Georg grinst und wedelt eine Mücke aus dem Gesicht.
»Hunger«, sagt er.

Jane Birkins rauchig heisere Stimme liegt wie ein hauchdünner Schleier über dem Wasser. *Je t'aime.* Da draußen badet jemand. Ein Feuer flackert. Vielleicht ist Elin ja auch da. Er hat sie ein paarmal an Dals Garten vorbeispazieren sehen. Aber sie hält nicht mehr an. Wirft nicht einmal einen Blick in den Garten. Hat ihn wahrscheinlich längst aufgegeben, so wie er den Kopf in den Sand gesteckt hat. Er kann sie gut verstehen.
»Am Strand wird heute eine Party gefeiert, Georg.«
»Ja.«
»Im *Ausguck* ist auch eine Party, überall wird gefeiert.«
»Ja, Party«, wiederholt Georg mit starrem Blick auf den Rucksack, in dem der Proviant ist.
»Und ich habe Hennys Party im Meer versenkt, ist es nicht so, Georg?«
Aber das versteht er nicht. Das ist zu kompliziert.

Das Wasser gluckst gegen die Bordwand. Kato nimmt die Mandelschnitten und die Cola heraus, die Dal ihnen mitgegeben hat. Gibt Georg das größte Stück. Beschließt, zurückzurudern.
»Na, wie wär's mit einem Nachtbad, Georg? Ganz nah am Ufer?«

Georg schüttelt den Kopf, dass die Wangen wabbeln.
»Nicht!«
»Lass dich nicht verarschen, Georg.«
»Arschloch?« Georg grinst.

Er vertäut das Boot. Wirft die Fender raus. Räumt alles zusammen und bringt die Rucksäcke an Land. Zuletzt hilft er Georg.
Der strenge Geruch von Schlamm und moderigem Tang steigt vom Boden auf. Georg bleibt mitten auf dem Pfad stehen. Das Mondlicht fällt auf seinen runden Kopf. Eine leuchtende Kugel mitten im Wald. Die Luft vibriert. Georg zeigt zu der Lichtung im Wäldchen. Da sitzt jemand.
»Elin«, sagt Georg.

39

Sie sitzt auf einem Stein auf der Lichtung, wo der Pfad sich teilt. Die Zweige knacken unter seinen Füßen, er geht durchs Heidekraut, um zu ihr zu gelangen. Er erkennt sie nicht wieder. Schwarze Streifen laufen über ihre Wangen, das Gesicht ist bis zur Unkenntlichkeit geschwollen und geschminkt. Und was ist mit ihren Augenbrauen passiert? Und den Haaren?

»Mir ist so schlecht …«
Im nächsten Augenblick schießt ein Schwall aus ihrem Mund und trifft seine Sandalen. Er hält sie an den Schultern fest, stützt ihre Stirn mit einer Hand, streicht ihr das verfilzte Haar aus dem Gesicht. Es riecht sauer, ihm wird auch fast schlecht, aber er hält sie fest, und Elin schluchzt und übergibt sich noch einmal. Es kommt nicht mehr viel. Sie bleibt mit hängendem Kopf sitzen. Von ihrer Unterlippe tropft Speichel. Er findet ein gebrauchtes Taschentuch in der Tasche und wischt ihr über den Mund.

»Besser?«
Sie nickt. Schnieft, will sich durchs Gesicht reiben, aber er hält sie davon ab und sagt, dass sie sich lieber vorher im Wasser das Gesicht abspülen sollte. Er weiß, wie getrocknete Kotze stinkt, egal ob auf Kleidern oder auf dem Badezimmerboden. Sie fängt an zu weinen. Lange und herzzerreißend, ein trockenes Schluchzen, sagt, dass sie so fertig ist. Sie weint und sagt, dass sie nie wieder was trin-

ken wird. Nie mehr. Nicht einmal ein alkoholfreies Bier. Er muss lächeln. Wie viel sie wohl getrunken hat? Er tippt, dass es das erste Mal ist. Hofft es. Wie alt ist sie eigentlich? Fünfzehn? Kato schiebt seinen Arm unter ihren und führt sie zum Wasser, er hilft ihr, das Gesicht, die Hände zu waschen, die schlimmsten Flecken wegzurubbeln. Er hat eine Flasche Wasser dabei, die gibt er ihr, und sie trinkt sie halb leer, verschluckt sich und hustet. Kato klopft ihr auf den Rücken. Dreht sich zu Georg um. Er steht wie eine Säule mitten auf dem Pfad.

»Ist es das erste Mal?«
»Ja«, antwortet sie mit Piepsstimme. »Mir ist so schlecht geworden. Ganz plötzlich. So konnte ich ja nicht nach Hause gehen … Oma, sie … Wie spät ist es eigentlich?«
»Viertel vor zwölf.«
»Später nicht?«
Der Schatten eines Lächelns huscht über ihr Gesicht. Da entdeckt sie Georg. »Könntet ihr mich nach Hause bringen?«
»Wir können dich ja wohl schlecht hier sitzen lassen. Mit wem bist du hier?«
Sie sieht ihn an und zieht die Schultern hoch. »Mit niemandem.«

»So.«
Er befeuchtet das Taschentuch mit ein paar Tropfen aus

der Wasserflasche und wischt vorsichtig die schwarzen Streifen von ihren Wangen. Sie schließt die Augen und lässt ihn machen.
»Du bist so lieb. Auch zu Georg so lieb. Ich habe euch gesehen …«
In ihren Mundwinkeln zuckt es, ihre Lippen zittern, gleich fängt sie wieder an zu heulen.
»Ist was passiert?«
Er hilft ihr auf die Beine. Nimmt ihre Hand und führt sie zu Georg, der Elins Decke an sich drückt.
»Wir bringen Elin nach Hause.«
Georg nickt. »Elin ist lieb«, sagt er.
Kato drückt ihre Hand. »Hast du gehört?«
Sie antwortet nicht. Sie ist wirklich ein jämmerlicher Anblick. Aber es geht ihr schon wieder besser, sagt sie. Ansonsten sagt sie nicht viel. Er auch nicht.
Und Georg hält wie meistens den Mund. Aber völlig unvermittelt und mit großer Begeisterung ruft er plötzlich laut: »Arschloch!«
Und darüber müssen sie einfach lachen. Alle drei.

Es ist spät, als sie das Gartentor öffnen. Edmund Dal hat sich schon schlafen gelegt. Kato geht mit Georg zum Wohnhaus und muss mit Engelszungen auf ihn einreden, dass er nach drinnen geht. Georg will mehr Boot fahren. Kato verspricht ihm, am nächsten Tag mit ihm rauszufahren.

»Wenn es nicht regnet.«
»Ja.«
Georg nickt und schleppt seinen großen Körper über die Türschwelle.

Im Anbau ist es dunkel. Aber beim Wohnwagen riecht es nach Rauch. Fünf Kippen liegen im Gras. Asche auf den Stufen. Sie steht von der Bank auf, als er eintritt. Graues Nachthemd. Eine dunkle Säule.
»Wo hast du die Flaschen versteckt?«
Er stellt den Rucksack auf den Boden. Bleibt mitten im Raum stehen.
»Im Meer.«
»Das ist nicht wahr.«
»Doch.«
»Aber wo? Wo?«
»Die kriegst du nicht wieder. Sie liegen auf dem Meeresboden vor Storeskjær.«
»Alles?«
»Ja.«
Sie sinkt auf die Bank. Zieht das Nachthemd über die Knie. Er ist froh, dass er ihr Gesicht nicht sehen kann.
»Wo zum Teufel ist Storeskjær? Wie komme ich dahin, Kato?«, flüstert sie.

40

»War die Party nett?«

Alles, nur nicht diese Frage. Oma steht in der Tür und lässt den Duft von frisch gebrühtem Kaffee und geröstetem Brot herein. Elins Nasenspitze ragt unter der Decke hervor. Alles ist platt und grau, wie dichter Nebel in ihrem Kopf.

»Ja.«

»Das freut mich.«

Oma nickt und sagt, dass das Frühstück in einer Viertelstunde fertig ist, falls Elin Hunger hat. Aber vielleicht will sie auch einfach noch ein bisschen weiterschlafen? Ihre Schritte entfernen sich. Danke an wen auch immer, dass sie so eine Oma hat.

Das Haar klebt am Kopfkissen, sie ist ganz benommen. Alles, was gestern passiert ist, muss mühsam aus der Erinnerung ausgebuddelt werden, Stück für Stück. Ein merkwürdiger Stummfilm spielt sich in ihrem Kopf ab, ohne Anfang und ohne Ende. Sie hat überhaupt nicht vorgehabt, sich zu betrinken, wollte nur ein bisschen Spaß haben. Sie zieht die Decke über den Kopf und wünscht sich weit, weit weg.

Am Spiegel kommt sie nicht vorbei. Schrecklich sieht sie aus! Auf ihrer Haut kleben noch unterschiedlich dicke Schichten von Make-up, unter den Augen Reste von Mascara und die Augenlider sind geschwollen.

Sie nimmt einen Wattebausch und reibt, reibt alles weg, mit Vaseline, hat nichts anderes. Spült ihr Gesicht, aber Vaseline und Wasser stoßen sich ab. Das Wasser legt sich in kleinen Tropfen auf die Haut. Sie nimmt einen Lappen, um sich ordentlich das Gesicht abzurubbeln. Trotzdem geht es nicht ab. Nicht alles. Und eine Dusche gibt es auch nicht.
Wie ist sie eigentlich nach Hause gekommen? Das ist vollkommen weg. Sie kann das Fest nicht einfach abstreifen, es liegt wie klebriger Belag auf ihrer Zunge. Eine Schramme in der Haut. Das mit Mikkel war ja wohl völlig daneben. Warum musste sie ihn auch küssen!?

Sie macht die Tür zum Garten auf, braucht eine Sonnenbrille und mindestens zwei Kopfschmerztabletten. Die Stufen brennen unter ihren Fußsohlen. Beim Blick zum Gartentor klingelt etwas in ihrer Erinnerung. Da hat heute Nacht jemand gestanden. Plötzlich fällt es ihr wieder ein. Kato und Georg haben sie nach Hause gebracht!

Håvard sitzt am Tisch und schlürft Honigflakes aus einer Schale. Er grinst sie an. Provozierend wach so früh am Morgen. Schwimmen war er offenbar auch schon. »Wart ihr besoffen?«
»Lass mich in Ruhe, Håvard.«
»Das waren jedenfalls ganz schön viele Flaschen.«
»Woher willst du das wissen?«

Er verdreht die Augen und zeigt auf vier Tragetaschen, die um die Ecke an der Hauswand lehnen. »Wir waren schon dort. Tore und ich. Um acht Uhr. Haben über hundert Flaschen und Dosen gesammelt. Limo war kaum dabei. Keine, sozusagen. Wir haben sogar Flaschen gefunden, die noch zu sind!«

»Hat Oma die Flaschen gesehen?«

Håvard schüttelt den Kopf.

»Ich bin doch nicht blöd. Der Rest der Flaschen ist oben bei Tore.«

Elin streckt sich nach dem Brotkorb aus.

»Irgendjemand hat auf die Hjørdis-Bank gekotzt«, berichtet Håvard leicht entrüstet weiter. »Hast du mit jemandem geknutscht?«

»Kannst du endlich mal die Klappe halten?«

»Aber warst du berauscht?«

»Das heißt nicht *berauscht*!«

»Dann eben voll.«

»Nein!«

»Warum siehst du dann so fertig aus? Dein Gesicht hat die Farbe von Haferbrei.«

Håvard hebt die Schale an den Mund, leert sie in wenigen Schlucken und steht auf. »Sag Bescheid, wenn ihr wieder eine Strandparty feiert! Dann filmen wir euch und stellen es bei YouTube rein!«

Elin isst eine Scheibe Brot mit Honig. Trinkt zwei Gläser Milch. Schließt die Augen und versucht, sich zu erinnern. Sie hat Mikkel geküsst und Kato auf die Schuhe gekotzt. Und Kato und Georg haben sie nach Hause gebracht. Er hat den ganzen Weg nach Hause ihre Hand gehalten. Der Gedanke daran ist wie ein cremiges Sahnebonbon, das einem langsam auf der Zunge zergeht.

41

Er versteht das nicht. Georg ist weg. Der Platz vorm Laden ist leer. Einer der Stühle ist umgekippt und auf dem Tisch steht eine halb volle Cola. Er wollte doch nur ein paar Würstchen für den Ausflug kaufen. Und Georg sollte draußen warten und auf das Fahrrad aufpassen. Muss er Georg an die Leine nehmen? Wo soll er anfangen zu suchen?

Henny hat ihn auch nicht gesehen. Sie sitzt im Anbau, antwortet sehr knapp und sieht nicht von ihren Blättern auf. Nein, sie glaubt nicht, dass Georg wieder nach Hause gekommen ist. Nein, sie hat nichts gehört. Nein. Was ist denn so schlimm daran? Er taucht bestimmt wieder auf. Kann Kato sich keine normalen Freunde suchen? Sie gibt sich Mühe, das sieht er an ihrem Gesicht, kämpft mit sich selbst. Gestern hat sie den ganzen Tag im Bett gelegen, heute hat sie sich zumindest angezogen und sitzt am Tisch. Trinkt schwarzen Kaffee und raucht Kette.

Georg und er wollten mit dem Boot rausfahren. Sie wollten irgendwo an Land gehen und Würstchen grillen. Das Fahrrad ist ebenfalls verschwunden, und in der Küche im Wohnhaus sieht alles so aus, wie sie es zurückgelassen haben: ein Paket Cornflakes auf dem Tisch, eine Schale mit Marmelade und ein halb leeres Glas Milch. Er räumt die Sachen weg. Rennt die Treppe nach oben ans Ende des Flures. An der hinteren Tür hängt ein selbst gebasteltes

Holzschild. Sein Name ist mit großen Buchstaben eingebrannt.
GEORG
Das Schild erinnert ihn an die Werkstunden in der Grundschule. Kato macht die Tür zu Georgs Zimmer auf, ohne anzuklopfen.

Er weiß nicht, was er erwartet hat, aber nicht das. An der einen Wand, in Holzkisten gestapelt, steht eine imposante Comicsammlung. Über dem Bett hängen Poster von den Helden von Tottenham Hotspur: Paul Gascoigne, Andy Gray und Micky Hazard. Und Poster von Nirvana und Oasis. Das passt irgendwie nicht. Dies soll das Zimmer von Georg sein, der immer unten im Wohnzimmer sitzt und sich alte Zeichentrickserien anguckt? *Donald Duck* und *Der rosarote Panther*?

Auf dem Boden liegen Sachen, die Georg einfach fallen gelassen hat: Hemden und Socken, leere Pastillenschachteln, leere Plastiktüten, eine Tube Creme für fettige Haut. Flickzeug fürs Fahrrad. In dem Regal über dem hellen, von Aufklebern übersäten Holzbett liegt ein Tischhockeyspiel. Hier herrscht gemütliches Chaos.

Kato sieht sich die wenigen Bücher, die in dem Regal stehen, genauer an. *Der Herr der Ringe*, ein Lexikon über die Geschichte des Rock, ein paar Bücher von Astrid Lindgren, ein paar Gruselgeschichten von Roald Dahl. Und ein paar zerlesene Exemplare der Hardy Boys. Das passt nicht.

Auf dem Fensterbrett steht ein grünes Sparschwein der Raiffeisenbank. Er hebt es hoch. Es ist bleischwer. Warum hat er es nicht längst geschlachtet? Alles in diesem Zimmer wirkt wie *lange her*. Als wäre die Zeit in Georgs Zimmer stehen geblieben.

Neben der Tür hängt ein Bild. Das Foto von einer Frau in einem grünen Kleid, die ihren Arm um den Jungen neben sich gelegt hat. Sie sind gleich groß. Der Junge hat sich in Schale geschmissen, trägt einen blauen Anzug und einen roten Schlips. Irgendetwas an dem Gesicht kommt ihm bekannt vor. Das Lachen, Kato kann es nicht genau benennen. Der Blick, als würde der Junge direkt in die Zukunft schauen. Er hat einen kleinen Fleck unter dem einen Auge, ein Muttermal. Kato kennt nur einen, der so ein Muttermal hat.

42

Elin steht im hellblauen Malerkittel am Gartentor und beizt den Zaunpfeiler ab.
Das letzte Stück rennt er. »Hallo. Hast du Georg gesehen?«
Sie erschrickt und schaut hoch. Scheint sich zu freuen, ihn zu sehen. »Ist er verschwunden?«
»Ja, oder ... Ich weiß es ehrlich gesagt nicht.« Er erzählt ihr von der Bootstour, die sie machen wollten, und dass Georg plötzlich verschwunden war, als er wieder aus dem Laden kam. Dass er schon zu Hause nach ihm gesucht hätte, im Schuppen, überall. Er spricht hektisch, denkt an Entführung, an Kinder, die in Autos gelockt wurden und nie wieder aufgetaucht sind. Andererseits ist Georg so groß, dass man ihn nicht einfach von der Straße wegschnappen kann.
»Bist du sicher, dass er nicht hier vorbeigefahren ist?«
Sie schüttelt langsam den Kopf.
»War noch jemand vor dem Laden, als du reingegangen bist?«
»Zwei Jungs. Die waren auch weg, als ich wieder nach draußen kam.«
»Haben die ihn vielleicht geärgert?«
Sie erzählt, dass manche Kinder Georg Schimpfnamen hinterherrufen. Und dass er behauptet, in seinem Lenker stecke ein echter Diamant. Manche Kinder finden ihn deswegen nervig und sagen, dass er lügt. Und die versuchen dann, ihm den Kopf zurechtzurücken.

»Georg läuft nicht zum ersten Mal weg, ich hab schon öfter geholfen, ihn zu suchen. Meist ist er nicht weit weg. In der Regel taucht er wieder auf, sobald er Hunger kriegt.« Kato nickt, das hilft. Er fühlt sich gleich etwas ruhiger.

Sie steht eine Weile da und starrt vor sich hin. Dann wischt sie den Pinsel am Eimerrand ab, setzt den Deckel darauf und sagt, dass sie ihm beim Suchen helfen kann. Sie will sich nur schnell was anderes anziehen. Gleich darauf kommt sie im weißen T-Shirt zurück. Sie hat sich einen Pullover um die Taille geknotet und ihr Haar ist offen.
»Warst du schon beim Boot?«
»Nein.«
»Dann gucken wir da zuerst nach.«
Sie laufen zügig den Pfad hinunter. Sie sagt nicht viel, er auch nicht. Sie denken wahrscheinlich an das Gleiche, dass sie vor ein paar Tagen zusammen hier gegangen sind. Da sah sie etwas anders aus. Und ist auch langsamer gegangen.

»Und, wieder fit?«, fragt er.
»Ja, klar.«
»Aber du denkst immer noch daran.«
»Würdest du an meiner Stelle auch tun.«
Er sieht sie an und grinst leicht. »Kann sein. So was passiert halt.«
»Mir wird das jedenfalls nie wieder passieren.« Sie verdreht die Augen und lächelt.

Der grüne Kahn dümpelt auf dem Wasser. Er überprüft die Vertäuung, schaut ins Boot, aber nichts deutet darauf hin, dass Georg hier gewesen ist.
Es gluckst an der Bootswand. Die Gerüche hier unten kitzeln in der Nase, der brackige Geruch von Miesmuscheln und Salzwasser. Eine weiße Katze schleicht an der Stegkante entlang und miaut laut. Sie streicht um Elins Bein, die in die Hocke geht und ihre Hand über den Rücken gleiten lässt. Die Katze legt sich auf die Seite und beginnt zu schnurren. Kato bückt sich ebenfalls, um die Katze zu streicheln. Der Pelz ist rau und verdreckt.
Elin sieht ihn an. »Aus unserer Bootstour ist ja nichts geworden.«
In ihrer Stimme schwingt ein kaum hörbarer Vorwurf mit, eine verletzte Spitze.
»Nein. Es ist schwierig, das hinzukriegen.« Er streicht weiter über das weiße Fell.
»Vielleicht ein andermal?«
»Ja, das wäre schön.«
Das Haar weht ihr vors Gesicht, legt sich über Nase und Mund. Sie schiebt es zur Seite, kriegt aber nur die Hälfte mit. »Wann?«, fragt sie.

43

Sie hätte nicht so direkt fragen sollen. Er antwortet ausweichend. Er scheint sich nicht gerne festzulegen. Und außerdem müssen sie jetzt erst einmal Georg finden, sagt er. Er steht auf, ist schon wieder auf dem Sprung. Wo sollen sie als Nächstes suchen? Sollen sie nach Hause gehen oder noch woanders nachschauen? Als ob sie die Expertin wäre. Aber er kennt die Gegend schließlich nicht so gut wie sie.
»In der Rellingbucht vielleicht«, schlägt sie vor, obwohl Georg eigentlich nie zum Strand geht.
»Okay.«

Er lässt das weiche Katzenohr ein letztes Mal durch die Finger gleiten. Überprüft noch einmal, dass das Boot gut liegt und ordentlich vertäut ist. Es weht immer stärker, die Wellen haben schon weiße Schaumkronen.

Sie gehen am Wasser entlang bis in den Eichenwald. An der Weggabelung bleibt sie stehen. Sein Blick wandert an ihr vorbei zwischen die Bäume, er fragt, ob sie links weitergehen wollen, und sie nickt. Er geht schneller, ohne etwas zu sagen, und sie muss fast rennen, um nicht abgehängt zu werden.
»Sind wir bald da?«
Er scheint Angst zu haben.
»Weiter als bis hierher geht Georg nie«, sagt sie und bleibt vor der alten Steintreppe stehen, die sich zum Meer run-

ter windet. Zwei große Kiefern breiten ihre Äste darüber aus. »Hier stellt Georg meistens sein Fahrrad ab und guckt uns beim Baden zu. Aber ich habe ihn noch nie unten am Strand gesehen. Er wäre dort fast ertrunken, weißt du.«
Das hätte sie nicht sagen dürfen. Sie dreht sich eilig um und streicht ihm über den Arm. »Keine Sorge. Wir finden ihn bestimmt.«

Der Wind kommt in heftigen Böen. Plötzlich und ohne Vorwarnung. Sie gehen geduckt zu den Überbleibseln des alten Sprungturms. Auch hier keine Spur von Georg.
»Hier ist der Unfall passiert.«
Wahrscheinlich hört er nicht, was sie sagt, wegen des Windes; sie müssen sich eine geschütztere Stelle suchen. Unten beim Badesteg ist es einigermaßen windstill. Auf der morschen Holzbank, die kaum noch zusammenhängt.
»Aus der Bootstour wäre wohl sowieso nichts geworden«, sagt er. »Nicht bei diesem Wetter.«
Er beugt sich vor und blickt mit zusammengekniffenen Augen aufs Meer. »Was ist eigentlich mit Georg? Was war das für ein Unfall?«
»Hat Edmund Dal nichts erzählt?«
»Nur, dass er einen Hirnschaden hat. Ich dachte, er wäre so geboren worden.«
»Nein, ist er nicht. Georg war genauso normal wie wir.«

Jeder Ort hat seine Geschichte, Schrøderøya hat die von Georg. Alle, die hier wohnen, kennen sie, auch wenn nicht täglich darüber geredet wird.
Hin und wieder wird sie zur Abschreckung und Warnung herausgekramt, wenn Eltern ihren Kindern Respekt vor dem Meer beibringen wollen.
»Denk dran, was mit Georg passiert ist!«, sagen sie dann. Die meisten Kinder und Jugendlichen, die hier rumlaufen, haben irgendwann davon gehört. Aber jede Warnung verblasst mit den Jahren, wie die Geschichte, die mit der Zeit ihre sensationelle Aktualität verliert.
»Siehst du das da drüben?« Sie zeigt zu den drei Felsabsätzen. »Es fing damit an, dass Georg und sein Freund Jon-Helge immer von den Felsabsätzen ins Wasser gesprungen sind. Das gefiel Edmund Dal gar nicht; er fand es zu hoch und sie mussten sich viel zu weit abstoßen, um nicht im flachen Wasser aufzukommen. Also hat er einen Sprungturm gezimmert. Ein Sprungbrett vier Meter über dem Wasser und weit genug weg von den Felsen.«
»Wie alt war Georg damals?«
»Fünfzehn, glaube ich. Das Sprungbrett war erst wenige Tage eingeweiht, die Jungs waren den ganzen Tag dort, testeten die Sprungspannung, benutzten es als Trampolin. Unter ihnen war genügend Spielraum, das Wasser war richtig tief und es lauerten keine spitzen Steine oder Felsen unter der Oberfläche.«

Ihre Oma hatte die Geschichte erzählt, immer und immer wieder. Als Elin sie jetzt weitererzählt, wird sie zu etwas Neuem, auch für sie.

»Jon-Helge war gerade gesprungen. Die, die dabei waren, haben hinterher erzählt, dass Georg auf dem Brett wippte und wartete, dass er freie Bahn hatte, als er plötzlich abrutschte und fiel. Er hat Jon-Helge am Kopf getroffen und ist selbst ohnmächtig geworden.«

Kato rutscht hin und her und streckt die Beine vor sich aus, sagt aber nichts.

»Es hat eine Weile gedauert, bis die Leute kapiert haben, dass etwas Ernstes passiert war. Den Gedanken finde ich am schrecklichsten. Dass beide Jungs hätten gerettet werden können. So ist nur Georg gerettet worden. Aber er hatte zu lange unter Wasser gelegen.«

»Er hatte also keine Kopfverletzung, das war es nicht?«

»Nein, er hat zu wenig Sauerstoff bekommen. Darum hat er den Hirnschaden.«

»Und Jon-Helge?«

»Ist ertrunken. Seine Familie ist ein halbes Jahr später hier weggezogen. Sie haben es nicht länger ertragen. Jon-Helges Rad haben sie stehen lassen. Das ist das Rad, das Georg jetzt fährt. Sein Diamantrad. Obwohl es eigentlich inzwischen viel zu klein für ihn ist.«

»Ja«, sagt Kato. »Das ist mir auch schon aufgefallen.«

44

Kato sieht Georgs Zimmer vor sich, die Bücher und die Poster. Das Zimmer ist seit dem Unfall nicht verändert worden. Edmund Dal hat alles so gelassen. Eine Art Museum von Georgs Kindheit.
Elins Haar zaust in alle Richtungen. »Für Georg ist das mit dem Diamanten todernst. Er glaubt, dass er eines Tages reich sein wird.« Sie lächelt traurig. »Aber was sollte er mit dem Geld machen ...«
Der Fjord ist jetzt blauschwarz, das Wasser peitscht gegen den Steg. Aber Kato hat keine Lust zu gehen. Er fragt Elin, ob Georg sich an die Zeit vor dem Unfall oder an den Unfall erinnert.
Das weiß sie auch nicht so genau, aber er will zum Beispiel nicht mehr hier runter. Irgendeine Erinnerung wird es also wohl geben. Elin hält die Finger vor den Mund und bläst dagegen. »Es ist kalt«, sagt sie und steht auf. »Gehen wir?«

Sie tritt auf der Stelle und schlägt die Arme um den Oberkörper. Am liebsten würde er sie in den Arm nehmen und sie an sich drücken, sie wärmen. Aber seine Arme hängen schlaff an der Seite herunter. Er weiß nicht, wie er mit solchen Gefühlen umgehen soll. Weiß auch nicht, wie sie darauf reagieren würde. Hat keine Ahnung von solchen Dingen. Jetzt ist sie es mit einem Mal, die drängt, weiterzugehen, die sagt, dass sie weiter nach Georg suchen müssen.

Als ob die alte Geschichte sie beunruhigen würde. Er fasst sie am Arm und sieht in ihr Gesicht. »Was ist mit dem Sprungturm passiert?«

Sie zögert und schaut zu den Mauerresten. »Edmund Dal hat ihn am Tag nach dem Unfall abgerissen und zu Brennholz verarbeitet.«

45

Das Geräusch von Schlägen auf Metall führt sie schließlich zu Georg. Er steht hinten im Garten, hinter dem Holzschuppen, mit einer Axt in der Hand. Mit der schlägt er auf den Rahmen des Fahrrads ein. Sein Haar hängt ihm in verschwitzten Strähnen in die Stirn. Er wimmert leise: eine monotone Sirene, die Elin direkt ins Herz schneidet. Trotzdem ist sie unendlich erleichtert. Denn obwohl Georg ziemlich verzweifelt wirkt, ist ihm zumindest nichts passiert.

Kato denkt offenbar das Gleiche, weil er ihren Arm drückt, ehe er zum Holzschuppen läuft. »Mensch, Georg.«

Georg schaut auf und lässt die Axt ins Gras fallen. Er schmeißt das Rad hin, das Vorderlicht ist kaputt, aber am schlimmsten hat es den Rahmen erwischt. Der rote Lack ist abgesplittert und die Axt hat tiefe Kerben hinterlassen. Aber es hätte viel schlimmer kommen können, wenn er sie sich ins Bein oder die Hand geschlagen hätte.

Georg lässt den Oberkörper hängen. Sein Hemd hat große Schweißflecken.

Kato legt eine Hand auf Georgs Schulter. »Warum willst du das Fahrrad kaputt machen, Georg?«

Georg schüttelt den Kopf, dass die Wangen wackeln.

»Willst du es mir nicht sagen?«

»Nein.«

»Hat jemand was Gemeines über das Rad gesagt?«

Georg versteift sich. »Tom«, sagt er.

»Tom?« Kato dreht sich zu Elin um. »Wer ist das?«

»Tom Larsen, der wohnt unten am Liegeplatz für die Boote. Er geht in die vierte Klasse, glaube ich. Ein echter Quälgeist. Der hat es nicht nur auf Georg abgesehen, der ist allen gegenüber so.«

Kato hockt sich vor Georg und redet leise auf ihn ein. Sagt ihm, dass er sich nicht um Tom kümmern soll. Dass Tom ein Arschloch ist, der nicht gelernt hat, wie man sich anderen gegenüber benimmt. Dass er sich Tom vorknöpfen wird, wenn er ihn sieht.

»Pfeif auf ihn, Georg. Jetzt gehen wir nach Hause und braten die Würstchen in der Pfanne.«

Georg horcht auf. »Arschloch?«, sagt er vorsichtig.

»Ja, nenn ihn ruhig so.«

Hinter dem Fenster im Anbau brennt Licht, also ist Katos Mutter wohl da. Aber er geht nicht zu ihr rein. Und sie kommt nicht raus, obwohl sie den Krach, den Georg veranstaltet hat, nicht überhört haben kann. Vielleicht ist sie ja krank. Elin will nicht fragen. So viel hat sie verstanden, dass er am liebsten nicht über seine Mutter reden will.

Elin hebt das Rad auf und schiebt es hinter ihnen her. Die Klingel hat heftig was abbekommen. Aber ansonsten scheint der Schaden eher kosmetisch zu sein, der Rahmen ist noch ganz. Edmund Dal kann ihn bestimmt neu lackieren. Und das Licht und die Klingel kann man austauschen. Sie kann sich Georg einfach nicht ohne das Fahrrad vorstellen. Genauso wenig wie Schrøderøya ohne den durch die Gegend radelnden Georg.

Essen kann so tröstend sein. Für Georg auf alle Fälle. Der Duft der gebratenen Würstchen lässt ihn strahlen. Er sitzt am Küchentisch und lässt die Pfanne nicht aus den Augen. Elin setzt sich neben ihn. Die alte Wanduhr tickt gleichmäßig und unbeirrt.
Es ist mehrere Jahre her, dass sie das letzte Mal in Margit und Edmund Dals Küche war. Fast alles ist wie damals. Die Kaffeekanne auf dem Herd. Die karierten Gardinen vorm Fenster und die vielen Gewürztöpfe mit den spannenden Namen: Piment, Muskat und Ingwer. Alles hier erinnert an Margit. Auf der Arbeitsplatte hatte sie immer einen Hefeteig stehen, der gehen musste. Oder Waffelteig und Marmelade, die sie gerade kochte.
Nur der Geruch in der Küche ist nicht mehr der von früher.

Kato steht am Herd und legt Fladenbrot und Brot auf einen Teller.
»Mag deine Mutter vielleicht auch ein Würstchen?«
»Glaube ich nicht.«
»Wollen wir sie fragen?«
»Sie mag keine Würstchen.«
Kato deckt Teller und Gläser auf. Wieso musste sie das fragen? Jetzt ist sein Gesicht wieder verschlossen, er guckt

an ihr vorbei, als er Ketchup, Senf und eine lauwarme Cola aus dem Rucksack nimmt. Dass sie aber auch nie den Mund halten kann.

»So, bedient euch.«

Ein paar Würste sind leicht angebrannt und sehen fast aus wie über dem offenen Feuer gegrillt. Das soll wohl so sein, Georg fängt jedenfalls an zu lachen, als er sie sieht, und stürzt sich heißhungrig darauf.

»Er mag sie am liebsten verbrannt«, sagt Kato grinsend. »Frag mich nicht, wieso.«

Er sollte öfter lächeln. Er ist so ernst. Und immer fällt ihm das dunkle Haar vors Gesicht, am liebsten würde sie es nach hinten streichen.

»Was ist?« Er sieht sie über den Rand seines Glases an.

»Nichts.«

»Gut, dass wir ihn gefunden haben.«

Elin nickt.

»Möchtest du nichts essen?«

»Nein, danke, aber ich hätte gern ein Glas Cola.«

»Machst du Diät?«

»Quatsch, so was mache ich nicht.«

»Das ist gut. Ich dachte, alle Mädchen machen Diät.«

»Ich bin aber nicht alle Mädchen!«

Er sieht sie an. Er kann tatsächlich lächeln, wenn er will. »Stimmt.«

Es ist noch ein Würstchen übrig. Georgs Hand bewegt sich langsam auf den Teller zu, während er Kato ängstliche Blicke zuwirft.
Aber Kato schiebt ihm den Teller rüber. »Iss du nur, Georg. Lass es dir schmecken.«

Plötzlich spürt sie unterm Tisch sein Knie an ihrem. Sie bewegt sich nicht, lässt es so. Sie lassen es beide so. Knie an Knie, eine Wärme, die durch die Kniescheibe in die Blutbahn strömt. Die Küchenuhr tickt mit einem Mal so laut. Das Geräusch, als Georg trinkt, explodiert in ihren Gehörgängen. Sie hört ihn schlucken. Es ist warm. Er schluckt noch einmal.
»Wenn du magst, können wir morgen die Bootstour machen. Georg fährt mit Edmund Dal in die Stadt. Ich hab das Boot für mich alleine. Und es ist gutes Wetter vorhergesagt.«
Seine rechte Hand liegt auf dem Tisch. Eine schöne Hand.
»Ich dachte, du magst keine Verabredungen treffen.«
»Habe ich das gesagt?«
»Nein, aber es wirkt so.«
»Hast du keine Lust?«
»Na ja ... Ich weiß nicht so genau ...«
Sie sieht ihn provozierend an, aber dann nickt sie. Seine Nase ist ein wenig breit, die Wimpern dunkel und dicht und die Augen haben eine unbestimmbare Farbe. Der

eine Schneidezahn ist ein bisschen schief. Jetzt lächelt er wieder. Da ist wieder das Prickeln in ihr drin, ein warmer Strom, den sie noch nie so gespürt hat. Als hätte jemand einen Wasserhahn geöffnet und vergessen, ihn wieder zuzudrehen. Er nimmt ihre rechte Hand.

»Hallo, Elin.«

Sie kann ihm nicht in die Augen sehen. Kann nichts sagen. Aber bestimmt versteht er es auch so.

48

»Wieso ist hier abgeschlossen?«

Sie haben Dals Auto nicht gehört. Haben nichts gehört, bis er an der Tür rüttelt und seinen kräftigen Bass ertönen lässt.

Kato ist bereits im Flur, um ihn reinzulassen. Dal ist grantig, will wissen, warum sie von innen abschließen, das ist in diesem Haus nicht so üblich. Das soll Kato sich schnell wieder abgewöhnen.

»Gibt es jemanden, den du aussperren willst?«

Dal flachst, aber da schwingt etwas mit, irgendetwas weiß er. Er steht in der Tür und setzt die Mütze ab. Sieht plötzlich, dass Elin in der Küche sitzt, ziemlich rot im Gesicht, auf der äußersten Stuhlkante. Er breitet die Arme aus und lächelt.

Es ist lange her, dass sie da war, lange vor Margits Tod. Das ist oft so bei Menschen, die trauern. Man denkt, dass man sie nicht stören sollte. Aber das ist Unsinn. Dal wird gerne gestört. Das sieht sie an seinen Augen. Er und Georg haben nicht oft Besuch.

»Ich hab Georgs Fahrrad gesehen. Was ist damit passiert?«

»Er hat versucht, es mit der Axt zu zertrümmern«, sagt Kato. »Ein Junge hat ihn damit aufgezogen.«

»Etwa der Larsen-Bursche?«, fragt Dal.

»Georg hat was von einem Tom gesagt.«

Edmund Dal dreht sich zur Seite und sieht Georg an.

Georg hat einen Keks von Kato bekommen. Aber er isst ihn nicht. Er zerkrümelt ihn in kleine Brösel, die er auf den Boden fallen lässt, und sieht seinen Vater nicht an.
»Warum wolltest du denn dein Fahrrad kaputt machen, Georg? Das magst du doch so gern.«
Georg antwortet nicht.
»Georg?«
Dal seufzt. Sein graues Haar ist schütter und zerzaust. Er ist alt geworden. Elin denkt an all die Dinge, die er alleine bewältigen muss. Georg, das Haus und den Garten. Einkaufen und Kochen. Seine Arbeit. Edmund Dal nimmt Georg den restlichen Keks aus der Hand und legt ihn auf den Tisch.
»Georg, sieh mich an. Sei nicht so.«
Georg tritt auf den Krümeln herum. Zermahlt sie zu Staub. Ein Lächeln breitet sich über sein Gesicht. Er schaut vom Boden auf. Klatscht in die Hände. »Arschloch!«, ruft er.

47

Henny ist weg.

Das ist schon öfter vorgekommen, die Decke liegt auf dem Boden, das Laken zu einer Wurst zusammengerollt auf dem Bett. Leere Zigarettenschachteln, Farbtuben, Pinsel und ein zerbrochenes Glas sind zu einem Haufen mitten im Zimmer zusammengeschoben. Auf der Kommode: Tellerstapel und Kaffeebecher, die Zeitungen der letzten Tage, sie hat in letzter Zeit ja nur noch im Zimmer gegessen. Fliegen schwirren um die Essensreste. Er hebt eine Haarbürste vom Boden auf, voller langer Haare.

Sie muss verschwunden sein, als Elin und er nach Georg gesucht haben. Oder als er mit Elin in der Küche war. Sie hat einen Zettel auf der Kommode hinterlassen, zwischen ein paar verwelkten Blütenblättern, das ist alles.

Vier Worte.
Fahre in die Stadt H.
Im Grunde genommen hat er es doch gewusst.

Der Mond hängt bleich und verhungert über dem Wohnwagen. Die kleine Marmorstatue vor dem Anbau leuchtet schwach im Schein des Mondes. Es ist windstill, der Jasmin in der Gartenecke duftet mild, fast wie Seife. Edmund Dal steht am Zaun und begutachtet das Fahrrad.
Er schaut hoch und lächelt müde. »Hat Henny sich schon schlafen gelegt?«

»Sie ist in die Stadt gefahren.«

»So spät?«

»Ich weiß nicht, wann sie gefahren ist. Sie hat einen Zettel geschrieben.«

»Einen Zettel, na, hör mal.« Dal schüttelt den Kopf. »Eine rastlose Seele, deine Mutter.«

»Sie hat Durst.«

Dal nickt und sagt, dass es passend ist, es auf diese Weise auszudrücken. Dass Henny Durst hat.

»Sie hat mir gegenüber erwähnt, dass sie die Ferien demnächst beenden will«, sagt Dal.

»Ich weiß.«

»Aber du hast keine Lust dazu, stimmt's?«

»Habe ich eine Wahl?«

»Ja, die hast du«, sagt Dal. »Du kannst jederzeit hierherkommen, das ganze Jahr. Auch ohne Henny. Du bist ja wohl alt genug, um ohne deine Mutter Ferien zu machen?«

Dal schiebt das Rad zur Treppe und stellt es dort ab. Sieht durch den Garten, der Rasen ist frisch gemäht, auf der Leine hängen alle Hemden von Georg und eine braune Hose von Kato.

»Ich hab dich gerne um mich, Kato.«

»Aber irgendwer muss auch auf Henny aufpassen. Sie haben ja selber gesehen, wie sie ist.«

Dal nickt. »Schon lange. Seit ich deine Mutter zum ersten Mal am Fähranleger gesehen habe. Da habe ich mir

fast schon gedacht, dass ihr Gepäck hauptsächlich aus Flaschen besteht. Kleider wiegen nicht so viel, weißt du. Ist sie schon mal eingewiesen worden?«
»Eingewiesen? Ins Krankenhaus, meinen Sie?«
»Es gibt extra Einrichtungen, in denen sie behandelt werden kann. Es ist nicht dein Job, dich um Henny zu kümmern, Kato. Es sollte wohl eher umgekehrt sein, oder?«

Dal verschwindet im Haus, um etwas zu holen. Aus seinem Mund klingt alles so einfach. Eine halbwüchsige Katze schleicht durchs Gras. Kato lockt sie zu sich und krault sie hinter den Ohren. Sie hat ein grünes und ein blaues Auge und einen kleinen surrenden Motor im Körper. Er muss an Elin denken.
Irgendwie ist er erleichtert, dass Henny nicht da ist. Das Atmen fällt ihm leichter. Morgen wollen er und Elin mit dem Boot rausfahren. Alleine. Ein schöner Gedanke.

»Hast du jemals ein eigenes Boot gehabt, Kato?«
Edmund Dal steht hinter ihm und wedelt mit einem Schlüsselbund. Das sind die Bootsschlüssel.
Kato muss grinsen. »Nein, von wem denn?«
Edmund Dal setzt sich neben ihn und drückt ihm die Schlüssel in die Hand. Tätschelt die Katze, die sich vor Katos Füßen auf dem Boden ausgestreckt hat.
»Von mir, zum Beispiel. Ich habe keine Zeit, es zu nutzen. Lasse es jedes Jahr zu Wasser und hole es im Winter wieder

raus, aber es liegt nur da. Du müsstest es allerdings selbst instand halten. Lass es dir auf alle Fälle mal durch den Kopf gehen.«

Kato wiegt das Schlüsselbund in der Hand. Ein kleiner grauer Schlüssel für das Vorhängeschloss und ein etwas blankerer und größerer für das Bootshaus. Der Schlüsselanhänger ist ein schmales, längliches Holzstück. Er kriegt es gar nicht in seinen Kopf: sein Boot. Das bedeutet, dass er einen Anker hat. Hier unten. Einen eigenen Platz. Wann immer er will.
»Das kann ich nicht annehmen.«
»Warum nicht?« Edmund Dal stößt ihm freundschaftlich mit dem Ellenbogen in die Seite und steht auf. Streckt die Beine. »Lass deine Mutter los, Kato«, sagt er.

48

Sie haben sich um zehn Uhr beim Boot verabredet. Kato ist schon da und wartet in der Sonne. Er zeichnet. Elin schleicht zum Steg. Sie hat nie darüber nachgedacht, dass ein Rücken ein so netter, schöner Anblick sein kann. Die weichen und harten Linien des Oberkörpers, die Rückenmuskeln, die kleinen Knöchel der Wirbelsäule. Auf seinem Rücken glitzern Wassertropfen. Auf dem Steg liegt eine verblichene Badehose zum Trocknen.

Er zeichnet das Boot, malt die Ruderdollen mit wenigen Strichen. Schraffiert die Flächen, die im Schatten liegen. Elin starrt fasziniert auf den Kahn, der aus dem Papier herauswächst.
Sie widersteht der Versuchung, ihre Hand auf seine Schulter zu legen. Tippt ihm stattdessen auf die Schulter. »Wo hast du so toll zeichnen gelernt?«
Er dreht sich um, blinzelt in die Sonne. Sagt, dass er auf sie gewartet hat.

Kato löst die Vertäuung und zieht das Boot fest an den Steg, verstaut das Gepäck und reicht ihr dann eine Hand, damit sie an Bord klettern kann. Sie setzt sich auf die hintere Bank und legt ihre Tasche weg. Denkt an alle Plätze, an denen sie an Land gehen können. Es gibt so viele Inseln und abgelegene Strände. Sie können in kleinen Buchten baden. Oder von steilen Felsen ins Wasser springen.

»Wo möchtest du hinfahren?«
Er hat keine Sonnenbrille auf, darum muss er die Augen zukneifen und seine Augenbrauen ziehen sich zusammen. Er sieht ein bisschen streng aus so. Sie schlägt vor, an Storeskjær vorbeizufahren, in Richtung Munkholmen, da gibt es mehrere kleine Strände. Sogar ein altes Kloster liegt dort. Er nickt und sagt, dass sie bestimmt, dass sie den ganzen Tag bestimmen darf.

Seine Arme sind wie zum Rudern geschaffen, lang und sehnig. Sie sagen kaum etwas. Es ist schön, einfach nur dazusitzen und auf die Geräusche zu lauschen. Auf das Geräusch der Ruder im Wasser, der steigenden Fische und der Sonne, die vor Hitze knistert. Die Rellingbucht liegt noch nackt und unberührt da. In einer Stunde beginnt der Strand sich mit Menschen zu füllen. Da drüben hat sie erst vor wenigen Tagen mit Mikkel gesessen. Sie schiebt den Gedanken beiseite.
Kato grinst plötzlich, als wäre ihm was Lustiges eingefallen. »Weißt du was?«
»Nein, was denn?«
»Das errätst du nie.«
»Sag schon.«
»Das Boot gehört mir.«
»Doch nicht dieser Kahn.«
»Doch. Ich habe ihn von Edmund Dal bekommen.«
Er strotzt vor Stolz. Das steht ihm. Sehr. Er zieht die Ru-

der ein paarmal kräftig durch, dass das Wasser am Bug aufspritzt. Und er erzählt, dass es natürlich einen Haufen zu tun gibt mit dem Boot, es muss geschliffen und gestrichen werden. Dazu hat Dal nicht mehr die Zeit.
»Das heißt, ich werde wohl ziemlich viel Zeit hier verbringen. Auf alle Fälle im Frühjahr und Sommer. Dal hat mir angeboten, dass ich bei ihm wohnen kann. Wenn ich mich ab und zu um Georg kümmere.«
»Und was sagt deine Mutter dazu?«
»Sie weiß noch nichts davon. Ihr gefällt's hier nicht.«

Seine Mutter, die sie immer noch nicht gesehen hat. Die aber da ist, irgendwo im Anbau, die sich in seinem Gesicht spiegelt, wenn er von ihr redet, oder auf der verschlossenen Tür. Sie gehört zu den Dingen, über die er nicht reden will. Und sie wird ihn nicht danach fragen. Schließlich hat auch sie ihre Geheimnisse. Und sie will auch nicht über alles ausgefragt werden.

»Verflixt, ist das heiß!«
Er zieht die Ruder ein und nimmt eine Flasche Wasser aus seinem Rucksack. Lacht unvermittelt und erzählt von Georg, der schon auf der Treppe saß und mit der Fahne gewedelt hat, als er heute Morgen aufgestanden ist.
»Er hat nur einen einzigen Wunsch zum Geburtstag, neue Zeichentrickfilme.«
Elin lacht.

»Und er braucht eine neue Fahrradklingel«, sagt sie. »Wir können ja für eine zusammenlegen.«
»Gute Idee!«

Im Bus hat sie ihn zum ersten Mal gesehen. Das ist noch gar nicht so lange her. Aber ihr kommt es wie eine Ewigkeit vor. Sie wird Sara nicht mehr treffen. Als sie in sich reinhorcht, wie es ihr damit geht, fehlt ihr nichts. Da ist eher so etwas wie Erleichterung. Als hätte sie eine Tür hinter sich zugemacht und dafür eine neue geöffnet.
Kato bläst sich das Haar aus dem Gesicht, beugt sich vor und sieht ihr in die Augen. Dann reicht er ihr die Wasserflasche. »Ich mag dich«, sagt er.

49

Sie suchen sich eine kleine Bucht auf Munkholmen. Die Klosterruine liegt auf der anderen Seite der Schäreninsel. Eine merkwürdige Insel ist das, mit vielen rund geschliffenen Steinen und kantigen kleinen Hügeln. Elin meint, dass hier fast nie Leute herkommen, weil es in den Buchten für die großen Boote zu flach zum Ankern ist. Sie hilft ihm, das Boot auf den Strand zu ziehen. Er lässt sich Zeit mit all den praktischen Dingen, mit der Schlepperei, muss sich erst noch an den Gedanken gewöhnen: Dies ist jetzt sein Boot. Plötzlich fallen ihm alle möglichen Sachen auf. Einzelne Bretter, die einen Anstrich nötig hätten, die eine Rudergabel, die in der Halterung wackelt. Er wird noch eine Menge über Bootspflege lernen müssen. Aber das wird er schon schaffen.

Seine alte, verschossene Badehose ist ihm peinlich. Er starrt auf seine weißen Beine, die unten herausragen. Er hätte ein bisschen mehr Sonne an seinen Körper lassen sollen. Dann sieht er Elin an, im roten Badeanzug, mit den Füßen im Wasser. Sie ruft, dass sie um die Wette schwimmen sollen, und da ist ihm peinlich, dass er geglaubt hat, *so etwas* wäre ihr wichtig: wie seine Badehose aussieht oder ob seine Beine weiß sind. Sie ist nicht *so*. Ganz davon abgesehen, ist sie auch nicht sonderlich braun.
Sie schwimmen weit raus, er taucht und schwimmt unter Wasser, vor ihm leuchten ihre Beine. Er stößt sich nach vorn, fasst zu und hebt sie hoch, wirft sie in die Luft. Sie

taucht auf und schnappt nach Luft. Lacht. Schwimmt auf ihn zu und sagt, dass er das noch mal machen soll. Und das tut er.

Hinterher liegen sie in dem feinen Sand. Ihr Handtuch ist dunkelblau mit einem grellgelben Fisch in einer Ecke.

Sie steht auf, um Wasser zu holen, weißer Sand schneit von ihrer Haut und steht wie Gischt um ihre Füße, wenn sie geht. Ihre Fußspuren, die sich auflösen, sobald der Wind darüberfegt oder das Wasser sie wegspült. Morgen wird niemand mehr sehen, dass sie hier waren.

Elin hat die Augen geschlossen. Sie sieht aus, als ob sie an etwas Schönes denkt, weil sie lächelt. Ein fast unsichtbares Lächeln, aber es ist da. Er würde jetzt gern ihren Arm streicheln, die warme Haut unter seinen Fingerkuppen spüren. Aber er tut es nicht.
Ihre Blicke begegnen sich. »Stimmt es, dass deine Mutter Künstlerin ist?«
»Wer sagt das?«
»Die Nachbarn, Saras Mutter, sie hat die Staffelei im Garten gesehen.«
»Ich weiß nicht, ob sie sich wirklich Künstlerin nennen darf. Sie lebt jedenfalls nicht vom Verkauf ihrer Bilder.«
»Wie heißt sie?«
»Sie heißt Henny«, sagt er mit Betonung auf jeder Silbe.

Mehr will er zu ihr nicht sagen.
Elins Gesicht ist so glatt, nicht von irgendwelchen Sorgen gekennzeichnet. Er holt tief Luft. Schließt die Augen. Und plötzlich liegt sie dort. Ihre Hand auf seinem Brustkorb. Leicht und schwer zugleich.
»Warum hast du geseufzt?«
»Hab ich das?«
»Ja.«
Er legt seine Hand über ihre. Sie stemmt sich auf den Ellenbogen und sieht ihn an. Die Spitzen ihrer Wimpern sind weiß vom Salzwasser. Ihm wird ganz schummerig von dem Blick. Ihr warmer Atem streicht über sein Gesicht. Sie lehnt sich über ihn. Streicht ihm über die Stirn und die Nase. Zögert einen Augenblick.
»Darf ich dich küssen?«, fragt sie.
Er antwortet nicht. Macht einfach die Augen zu. Ihre Lippen sind weich und ein wenig trocken. Dann ist es vorbei. Er drückt sie an sich.
»Mehr.«
Sie lächelt und sagt, dass das nur ein Probekuss war. Dann beugt sie sich vor und küsst ihn noch einmal. Er kann nicht sagen, wie lange der Kuss dauert, weiß nur, dass es niemals aufhören soll. Weil das unvergleichlich ist. Davon wird er niemals genug kriegen.

50

Er möchte sie zeichnen. Sie soll einfach nur ganz still sitzen und den Kopf nicht bewegen. Probieren, entspannt auszusehen, wenn sie kann. Elin ist noch nie gezeichnet worden. Es hat sie nie gereizt, sich von den Malern in der Fußgängerzone porträtieren zu lassen. Die Bilder sehen alle so gleich aus. Glatte, steinerne Gesichter. Aber das hier ist etwas anderes. Weil er sie kennt. Elin sucht eine Haltung, in der sie sich entspannen kann.
»Gut«, sagt Kato. »Bleib so sitzen. Das Gesicht einen Tick weiter nach links. Sieh mich an.«

Sein Bleistift fliegt über das Papier, während er sie anguckt, seine Bewegungen sind zügig, konzentriert. Er hält den Bleistift vors Gesicht, erklärt, dass er so Winkel und Perspektiven misst, er kneift die Augen zusammen, und sie muss daran denken, dass sie irgendwo gelesen hat, dass das Gesicht 26 Muskeln hat.
»Wusstest du, dass das Gesicht 26 Muskeln hat?«, sagt sie.
Er blickt von seiner Arbeit hoch. Nickt.
»Und mit denen kann man mehrere Hunderttausend Gesichtsausdrücke zustande bringen. Wusstest du das auch?«
»Nicht, dass es so viele sind.«
Er lehnt sich nach vorn und sieht in ihre Augen wie durch ein Fenster. Dann ist er wieder auf seinem Papier, bei seinem Bleistift und den unzähligen Strichen, die zusammen ein Gesicht ergeben. Ihr Gesicht. Und während er sich auf die Zeichnung konzentriert, um den Strichen Leben

einzuhauchen, merkt sie, wie sie lockerer wird. Als ob sie Kato schon immer kennen würde.

Sie hatte keine Ahnung, dass es so ist. Dass die Lippen vom Küssen wund werden. Jetzt weiß sie es. Sie sagt es ihm, und er lächelt so, dass der schiefe Zahn in seinem Mund glitzert, und sagt, dass er es auch nicht wusste. Das kann sie nicht glauben, aber er sagt, es stimmt. Und dann holt er die Ruder ein und beugt sich vor, er duftet nach Salzwasser und atmet warm gegen ihren Hals. Sie rutschen auf den Boden und flechten Arme und Beine ineinander, lassen das Boot einfach treiben, aufs Land zu oder aufs Meer hinaus. Und sie hört seine Uhr an ihrem Ohr ticken.

Sie ist auf die Begegnung nicht vorbereitet. Nicht jetzt. Nicht heute. Aber da sitzen sie, allesamt. Sara, Anne Gro, Anton und Mikkel. An den kleinen Caféhaustischen vor dem Laden. Warum haben sie keinen anderen Weg genommen? Sie hätten den Einkauf sausen lassen sollen, Oma hätte sie einfach gesagt, dass sie es vergessen hätte. Um sie herum ist ein dünnes Netz gesponnen. Sie fühlt sich nackt. Obgleich ihr klar ist, dass sie über kurz oder lang Sara wiederbegegnen musste. Und Mikkel natürlich. Aber nicht ausgerechnet heute.

Kato drückt vorsichtig ihre Hand. Er lässt sie nicht los. Gleich ist er kein Geheimnis mehr. Sie hat noch immer den Geschmack seiner Lippen auf der Zunge. Hat die Küsse gezählt. Sieben. Sein Haar kräuselt sich vom Salzwasser. Er hat große Kniescheiben und weiße lange Beine. Warme große Hände. Natürlich werden sie es ihr ansehen. Alles, was sie über ihn weiß.

»Was ist denn das?« Anne Gro winkt sie herüber. »Den hast du aber gut vor uns versteckt.«
Sie lacht und sieht Kato ungeniert an. Die anderen sagen nichts. Sara schmollt, wie immer, wenn sie nicht im Mittelpunkt steht. Mikkel sitzt über sein Handy gebeugt da. Gut, wenn man etwas zum Festhalten hat, wenn man nicht weiß, wo man hingucken soll. Anton raucht. Aber jeder seiner Finger hat Augen und Ohren, die jede noch so

kleine Bewegung verfolgen, jedes Wort hören, das gesagt wird. Es soll nur nicht danach aussehen.
Anne Gro streckt eine Hand aus, um Kato zu begrüßen.
»Hi. Ich heiße Anne Gro.«
Anton stöhnt leise.
»Ich habe dich hier noch nie gesehen, wohnst du hier?«
»Nur die Ferien über. Bei Edmund Dal.«
»In einem total hässlichen Wohnwagen«, brummt Anton.
»Hör gar nicht hin«, sagt Anne Gro. »Wollt ihr euch setzen?«
»Ich muss einkaufen«, antwortet Elin.
»Für deine Oma, ja, das kennen wir.« Mikkel grinst und schaut von seinem Handy hoch. Sein Blick ist unsicher, sie weiß, warum. Er denkt auch daran. Können sie die ganze Sache nicht einfach vergessen? Es war trotz allem nicht mehr als ein Kuss, ein ziemlich missglückter obendrein. Und sie waren betrunken. Sie sieht ihn an und lächelt.

Sara legt eine Hand auf Mikkels Arm und flüstert ihm etwas ins Ohr. Er antwortet ausweichend, rutscht auf dem Stuhl hin und her und dreht sich zu Anton um. Fragt, ob er eine Zigarette haben kann. Sie haben gerade diskutiert, ob sie einen Abend in die Stadt fahren wollen, um sich den neuen James Bond anzugucken. Elin sieht es. An der Art, wie er sich wegdreht. Wie er Sara den Rücken zudreht und sie im Schatten sitzen lässt. Mikkel ist nicht interessiert. Er spielt nur mit ihr, mehr nicht. Komisch, dass Sara das nicht merkt. Oder merkt sie es doch? Vielleicht nimmt sie auch nur, was sie kriegen kann. Sara springt auf und wirft das Haar in den Nacken. Geht zum Laden. Eine kurze Sekunde begegnen sich ihre Blicke, aber sie grüßen sich nicht. Sie wissen es beide. Dass es vorbei ist.

Im Laden ist eine Schlange. Sie hört den Bus, der draußen anhält und die Fahrgäste rauslässt. Frau Meyer ist erkältet und nicht in Plauderstimmung. Sie bedient schlecht gelaunt und knapp. Elin bezahlt und packt die Waren in eine Tüte. Drei Kinder kommen in den Laden gerannt und werfen ihre verschwitzten Münzen auf den Tresen. Sie plappern aufgeregt durcheinander, von einer besoffenen Frau, die im Bus mitgefahren ist.
»Die hat den Fahrer total angemotzt«, sagt der eine Junge, »und dauernd Scheiße gesagt.«
Die Kinder lachen und machen sich lustig und spielen torkelnd und mit schlaffen Gliedmaßen besoffene Frau.
Kato beugt sich vor und hebt den einen Jungen hoch.
»Hör auf damit!«, faucht er ihn an.

Irgendetwas geht da draußen vor sich. Alle haben sich von ihren Stühlen erhoben und schauen auf die andere Straßenseite zur Bushaltestelle. Elin stellt sich in die Tür. Da liegt jemand. Eine Frau, sie scheint gefallen zu sein. Krabbelt auf allen vieren herum und sammelt Sachen vom Asphalt auf. Neben ihr liegt eine Tasche, deren Inhalt sich auf dem Boden verteilt hat. Plötzlich spürt sie Katos Hand um ihren Arm, er schiebt sie beiseite und drängt sich an ihr vorbei. Stürmt zur Bushaltestelle und zieht die Frau auf die Beine. Sie stößt ihn weg, torkelt ein paar Schritte vorwärts, schwankt und bleibt stehen. Er sammelt ihre Sachen vom Boden auf und stopft sie in die Tasche. Reicht sie ihr. Sie reißt sie an sich und schreit ihn an. Ihre Haare hängen in Strähnen herunter.

Elin fühlt Frau Meyers strengen Atem im Nacken.

»Das wird wohl seine Mutter sein, denke ich«, sagt sie.

52

Sie hätte sich keinen ungünstigeren Platz aussuchen können als die Bushaltestelle vor dem Laden. Er braucht sich gar nicht umzudrehen, er spürt sie auch so im Nacken, die Blicke, die sensationsgierig glotzende Menschenansammlung. Das können sie sich natürlich nicht entgehen lassen, das ist Stoff für Tratsch, der für den Rest des Sommers reicht. Und Elin … Jetzt sieht sie es also auch. Wie seine Mutter ist. Jetzt passiert, was er die ganze Zeit am meisten gefürchtet hat.

Er packt Henny am Arm. Er hat eine Aufgabe. Sie kann jederzeit wieder fallen. Es braucht nicht mehr als einen Windhauch, damit sie umkippt. Er muss sie irgendwie den Hügel raufbringen. Das wird eine Plackerei, so wie sie keift und ständig umknickt in ihren unmöglichen Schuhen mit viel zu hohen Absätzen, billige Sandalen, die sie sicher in der Stadt gekauft hat, völlig daneben auf einem Sandweg. Sie reißt sich los und fällt auf den Grasstreifen.
»Sag Dal, dass er uns holen soll.«
»Ist das dein Ernst, dass ich Dal darum bitten soll?«
Sie nickt stumm, und er sieht selber ein, dass der Spaziergang ein unmögliches Unterfangen ist. Sie wird es im Leben nicht schaffen, bis zu Dal zu laufen. Aber er kann sie auch nicht alleine hier sitzen lassen. Er steht mit hängenden Armen auf dem Weg. Sein Inneres kocht.
»Kann ich dir helfen?«
Unter der starken Schminke blitzen zwei freundliche Au-

gen. Das ist das Mädchen, das ihn eben begrüßt hat. Anne Gro oder so. Sie überragt ihn um einige Zentimeter, eins ihrer Ohrläppchen ist von Perlen übersät und im Nasenflügel glitzert ein blanker Silberring. Rote Rastazöpfe auf dem ganzen Kopf. Hinter ihr steht Elin und traut sich nicht recht, zu ihnen zu kommen.

Er fragt Anne Gro, ob sie zu Edmund Dal laufen und ihn bitten kann, sie mit dem Auto abzuholen. Wenn er schon zu Hause ist. Es ist nach sechs Uhr. Sie nickt, weiß, wo er wohnt. Sagt, dass schon alles gut werden wird.
»Scheiß drauf, dass sie glotzen«, sagt sie. »Ich laufe, so schnell ich kann. Dauert höchstens zehn Minuten.«
Er lächelt, fühlt sich mit einem Mal so müde. Es wäre das Beste, wenn Elin sich verziehen würde. Sie steht da, den Picknickkorb unter den Arm geklemmt, und sieht ihn an mit so einem tragischen Blick, den er nur ganz schwer ertragen kann.
»Kato«, sagt sie leise und legt eine Hand auf seinen Arm.

Henny bohrt einen Finger in die Luft und zeigt auf Elin.
»Wer ist das?«
»Niemand, kümmer dich nicht darum.«
»Warum steht sie da? Sag ihr, sie soll nicht so glotzen. Das ist keine verdammte Unterhaltungsshow hier!«
»Sei so gut und geh«, bittet er sie leise. »Das hier ist nichts für dich.«

»Aber, Kato …«
»Bitte, Elin.«
»Ich wollte doch nur …«
Ihre kleine Hand, das vorsichtige Streicheln über seinen Arm. Das hält er nicht aus! Er fährt herum und schreit ihr ins Gesicht: »Kapierst du nicht, dass du einfach nur gehen sollst? Hau ab, verdammt!«

Sie stolpert rückwärts. Sieht ihn mit weit aufgerissenen Augen an. Dreht sich um. Beginnt zu laufen. Der Korb schlägt gegen ihre Hüfte. Ihre Schuhe eignen sich nicht zum Laufen, ein Paar Flip-Flops, die bei jedem Schritt auf den Boden klatschen. Ein Apfel hüpft aus dem Korb und bleibt mitten auf dem Weg liegen. Das ist es, was ihr von diesem Tag im Gedächtnis bleiben wird: wie er vor ihr steht und sie anschreit. Henny sieht ihn von ihrem Platz am Wegrand an, grinst schief und steckt sich eine Zigarette an.

53

Ein leises Klopfen an der Tür und der Morgen explodiert vor seinem Gesicht. Die Vögel im Garten zwitschern hysterisch. Edmund Dal steckt den Kopf zur Tür rein und lädt ihn zum Frühstück ein.

Es duftet gut. Nach frischen Brötchen, Kerzen und Himbeermarmelade. Georg strahlt glücklich, wegen der frischen Brötchen auf dem Tisch. Selber hat Kato nicht so großen Appetit.

Edmund Dal hat das Ruder übernommen, seit er Henny gestern abgeholt hat. Er hat ihr freundlich, aber bestimmt ins Auto geholfen. Hat sie nach Hause gefahren und ihr ein paar Gläser Wasser eingeflößt, bevor er sie in den Anbau gebracht und dafür gesorgt hat, dass sie ins Bett kommt.
Jetzt ist er bereits bei ihr gewesen und hat ihr Frühstück gebracht. Kaffee. Saft. Obwohl sie sonst viel länger schläft. Er musste sie wecken, sagt er. Mehr sagt er nicht.

Alle wissen es. Kato starrt auf den Brötchenberg. Sein Leben hängt wie ein gewaschener Bettbezug für alle sichtbar auf der Leine. Egal, wo er sich von nun an blicken lässt, wird er für alle nur noch *ihr Sohn* sein. Sie werden ihn mit einer Mischung aus Verachtung und Schadenfreude betrachten. Vielleicht auch Mitleid. Aber tief in ihrem Innern werden sie erleichtert sein, dass sie solche Probleme in ihren Familien glücklicherweise nicht haben. In ihren Häusern finden keine sinnlosen Besäufnisse statt. Dass sie sich nicht zusammenreißen kann, werden sie denken. Die meisten. Vergleichen sich immer mit anderen. Mit einer Ausnahme vielleicht. Edmund Dal, der ihm am Frühstückstisch gegenübersitzt und sein Bestes gibt, eine entspannte Stimmung zu verbreiten. Da hat er Glück. Edmund Dal ist nicht wie die meisten Leute.

»Hattet ihr einen schönen Bootsausflug? Du und Elin?«
Edmund Dal sieht ihn über den Rand der Zeitung an. Irgendetwas ist mit ihm geschehen, die robuste Gestalt strahlt etwas Bestimmtes, fast Abgeklärtes aus.
»Doch, ja.«
Kato starrt in seinen Becher. Er will jetzt nicht über den Ausflug reden. Und besonders nicht über Elin. Er schämt sich, wie er sich ihr gegenüber aufgeführt hat. Dass er sie so angebrüllt hat. Sie wollte doch nur helfen.
Edmund Dal faltet die Zeitung zusammen und steht auf. Fragt nicht weiter nach. Sagt, dass er noch mal bei Henny reinschauen will. Um mit ihr zu reden.
Reden, es ist ja wohl kaum möglich, an einem Tag wie diesem mit Henny zu reden. Er fragt sich, was Dal vorhat. Er heckt etwas aus, da ist Kato sicher. Aber er will nicht fragen. Könnte es im Moment gar nicht verarbeiten.
Stattdessen spielt er Schwarzer Peter mit Georg. Irgendetwas muss man ja machen, um die Zeit totzuschlagen.

Nach einer Weile taucht Dal wieder in der Küchentür auf. Er sieht zufrieden aus. Er schlägt Kato und Georg vor, einen kleinen Ausflug mit dem Auto zu machen.
Kato setzt sich vorne neben Dal, während Georg die Rückbank okkupiert. Sie fahren an gelben Feldern und Pferdekoppeln mit frisch gemähtem Gras vorbei. Sie begegnen ein paar Fahrradfahrern und dem grünen Bus, der von der Fähre kommt. Sie wollen mit der Fähre nach Sande fahren, erklärt Dal. Die Überfahrt dauert nicht lange, wer möchte, kann Waffeln und Kaffee kaufen. Georg quietscht aus voller Kehle aus dem offenen Fenster und freut sich auf alles, was er in der Stadt in sich reinstopfen kann. Glücklicher Georg.

Sande besteht aus einer Hauptstraße mit Geschäften, dem Rathaus und einem Kino. Dann gibt es noch ein paar Cafés, ein Postamt, eine Bank und ein großes Einkaufszentrum am Stadtrand. Sie fahren die verschlafene Hauptstraße entlang und noch ein Stück weiter auf der Landstraße. Edmund Dal biegt links ab, schaltet in den Leerlauf und bleibt in der grünen Allee stehen.
»Du fragst dich vielleicht, wo wir hinwollen«, sagt er.
»Haben wir ein bestimmtes Ziel?«
Dal nickt, schaltet in den ersten Gang und fährt gemächlich durch die schattige Allee aus uralten, dicht gewachsenen Kastanienbäumen. Sie halten auf einem offenen roten Sandplatz vor einem imposanten weißen Backsteinbau.

Sandes Weiterführende Schule steht auf einem Schild über dem Haupteingang.

Kato öffnet die Autotür. Einer von Hennys Ohrhängern landet vor seinen Füßen, ein kleiner schwarzer Stein mit gelben Punkten. Er hebt ihn auf und steckt ihn in die Tasche. Steigt aus. Auf dem Platz ist niemand zu sehen, kein Geräusch zu hören. Georg jammert, weil ihm heiß ist. Und Edmund Dal dreht sich um und sagt, dass es hier einen sehr guten Kunstzweig gibt.

54

Die Tage fließen dahin. Elin kann sie nicht mehr auseinanderhalten. Es gibt nichts, worauf sie sich freuen kann. Das Licht über den Bäumen und Büschen ist fahl. Und wenn sie an Kato denkt, sieht sie immer nur sein verzerrtes Gesicht, hört seine zornige Stimme. Er hätte ihr erzählen müssen, was mit seiner Mutter los ist. Hat er etwa geglaubt, sie würde das nicht verstehen?

»Was geht dir durch den Kopf?«, fragt Oma.

Sie sitzen im Wohnzimmer und essen Erdbeeren mit Sahne zum Nachtisch.

»Nichts Besonderes.«

»Das ist nicht viel.«

»Nein.«

»Du sagst so wenig.«

»Es ist wirklich nichts.«

»Na dann …«

Oma kratzt den Teller aus. Ihre Hände werden im Sommer nie richtig sauber. Überall setzen sich Spuren von Erde fest, unter den Nägeln und in den feinen Linien der Haut. Sie legt den Löffel beiseite und schaut von der Dessertschale hoch.

»Ich habe Sara schon lange nicht mehr hier gesehen.«

»Hm.«

»Unternehmt ihr nichts mehr zusammen?«

»Nein.«

»Aber das habt ihr sonst doch immer.«

»Ja, früher.«
»Habt ihr euch gestritten?«
»Ich habe keine Lust, darüber zu reden.«
»Na dann …«
»Es ist nicht, was du glaubst, Oma.«
Oma sieht Elin an und streicht ihr über die Wange. Die kleine Liebkosung treibt ihr sofort die Tränen in die Augen. Aber Oma hakt nicht weiter nach. Sie lässt Elin in Ruhe und nimmt ihr Kartenspiel aus der Tischschublade. Zeit für eine Patience.

Elin räumt den Tisch ab und geht in die Küche, um Spülwasser einzulassen. Sie prüft, ob das Wasser warm genug ist. Zieht Spülhandschuhe an. Die Nachmittagssonne kriecht durch das Küchenfenster und blinkt auf den unebenen Scheiben. Sie legt ein Glas nach dem anderen ins Becken. Die schillernden Seifenblasen erinnern sie an früher. Sara und sie haben als kleine Mädchen mit Begeisterung Seifenschaum geschlagen. Draußen im Garten, ausgerüstet mit einer kleinen Wanne und zwei Quirls. Hinterher haben sie versucht, mit dem Schaum und einer leeren Garnrolle Seifenblasen zu produzieren, aber besonders große Blasen haben sie nie zustande gebracht.

Elin stellt die Gläser in das Trockengestell über der Spüle. Schon damals war Sara immer die Bestimmerin. Sara hat immer als Erste Schaum geschlagen, als Erste die Garnrolle

gewählt und immer hatte sie die schönsten Seifenblasen. Behauptete sie.
Es klopft an der Wohnzimmertür. Bestimmt Tore, denkt Elin und spült die Dessertschalen aus. Sie richtet sich auf und lauscht. Omas Stimme klingt anders als sonst. So steif und höflich würde sie mit Tore, der täglich hier ein und aus geht, nicht reden.
»Ist Elin zu Hause?«
Diese Stimme. Ihr Herz setzt aus. Das ist Kato! Hier bei ihnen! Sie hört deutlich, wie Oma sagt, dass Elin in der Küche ist und dass er doch reinkommen soll. Dann ruft Oma aus dem Wohnzimmer: »Elin, Besuch für dich!«

Elin schleicht aus der Hintertür und läuft durch den Garten. Versteckt sich hinter dem Holzschuppen. Hört, wie sie nach ihr rufen, Oma und Håvard. Na klar, Håvard taucht immer auf, wenn es spannend wird, nur nicht, wenn der Abwasch gemacht werden soll.
»Elin!«, rufen sie. »Elin, zeig dich!«
Zeig dich! Wie peinlich. Da weiß er ja gleich, dass sie sich vor ihm versteckt. Was im Grunde genommen egal ist. Sie will ihn so oder so nicht wiedersehen. Und nach einer Weile gibt er es auf. Sie hört ihn die Haustür hinter sich zuziehen und dann entfernen sich seine Schritte langsam auf dem Sandweg.

»Wo hast du denn gesteckt?«, fragt Oma. »Gerade warst du doch noch in der Küche.«
»Das war der Typ aus dem Bus, Elin«, mischt Håvard sich ein. »Kato. Er wollte mit dir reden. Hat gesagt, dass es sehr wichtig wäre.«
»Ist mir doch egal.«
Sie geht wieder in die Küche und greift nach der grünen Spülbürste. Aus dem Wohnzimmer ruft Håvard, dass er gerne für sie abtrocknen kann.
»Nein, jetzt lassen wir Elin in Frieden«, sagt Oma streng.
Elin beugt sich über den Schaum und lässt ihren Tränen freien Lauf. Allein der Klang seiner Stimme. Mehr braucht es nicht.

Im Briefkasten liegt ein großer brauner Umschlag. *Für Elin* steht darauf. Keine Briefmarke, nichts als ihr Name. Sie macht ihn nicht auf. Legt ihn in eine Schublade in ihrem Zimmer. Unter T-Shirts und Unterwäsche. Lässt ihn dort liegen.

Sie spaziert an dem Strand mit den scharfkantigen Muscheln und seegrünen Scherben entlang. Steckt einen Stock in den Sand und bohrt darin herum. Hebt einen hellblauen Schnuller auf. Vielleicht findet sie ja etwas. An einem Sommerstrand gibt es viel zu entdecken. Einmal hat sie eine Taucherbrille und eine Badehose gefunden, die jemand dort vergessen hatte. Aber so etwas lässt sie liegen, das sind nicht die Dinge, nach denen sie sucht.

Sie geht runter zum Boot. Zu seinem Platz. Der Steg und der grüne Kahn. Da stand sein Rucksack. Ein dunkelblauer Bergans. Da liegen die Ruder, die wie für seine Hände gemacht sind. Elin setzt sich auf den Steg. Das Boot ist halb mit Wasser vollgelaufen. Sie springt hinein und sucht eine Schöpfkelle. Setzt sich auf eine Bank und schöpft, bis es leer ist.

Sie geht Wege, die sie seit Ewigkeiten nicht mehr gegangen ist. All das hätte sie ihm zeigen können: das saftige grüne Moos, die hellgrünen Blätter des Siebensterns. Die schleimigen Schnecken, die feuchte Spuren auf den Steinen und Wegen hinterlassen. Mit ein bisschen Glück hätten sie vielleicht auch einen Fischreiher gesehen, diesen großen scheuen Vogel. Elin denkt an den braunen Umschlag in ihrer Schublade. Und überlegt, ob sie ihn nicht vielleicht doch öffnen soll.

Sie hat es nicht geplant, aber plötzlich steht sie an der Weggabelung, von der man das rote Haus sieht, in dem Therese wohnt. Eine Hälfte des Gartens ist ein riesiges Erdbeerfeld, die andere Hälfte eine große Rasenfläche, auf der eine Reihe weiße Zelte stehen. Im Gras sitzen Leute und klimpern auf der Gitarre, zwei Mädchen spielen Badminton. Elin war vor vielen Jahren schon mal hier. Um Erdbeeren zu pflücken. Mit Sara.

Sie bleibt stehen. Ist das nicht Therese da drüben? Die neben einem Jungen sitzt und singt? Was hat Anton noch gesagt? Therese hätte wieder ihren Jehova-Look angenommen? Dass sie verbissen gewirkt hat? Das hier sieht gar nicht danach aus. Elin dreht sich um und folgt dem Pfad zurück durch den Wald. Irgendwann geht alles mal vorbei, denkt sie.

Sie setzt sich auf ihr Bett und öffnet den braunen Umschlag. Zieht ein Blatt Papier heraus. Eine Zeichnung. Das Porträt, das Kato auf Munkholmen von ihr gemalt hat.
Sie sitzt lange mit der Zeichnung auf dem Schoß da. Es

ist ihm wirklich gelungen, das spezielle Licht auf der Felseninsel einzufangen. Es spiegelt sich in ihren Augen und den hellen Flächen auf dem Nasenrücken wider, unter den Wangenknochen und dem Kinn. Im Schatten über der einen Gesichtshälfte. Ein Bild von Licht und Schatten. Es gefällt ihr. Sie will kein anderes Gesicht haben. So hat er sie gesehen.

Unten auf das Blatt hat er geschrieben: Elin. Juli. Mehr nicht. Keine Jahreszahl, kein Datum. Sie dreht die Zeichnung um.

Auf der Rückseite stehen auch nur zwei Worte.

Entschuldige, Elin.

58

Henny sitzt auf der Rückbank, grau im Gesicht. Sie sieht ihn durch die Scheibe an und vielleicht nickt sie, aber das kann er nicht so genau erkennen. Edmund Dals Auto rollt langsam durch das Tor und verschwindet in einer Staubwolke hinter der Kuppe. Er hat ein Gefühl von Déjà-vu. Georg steht neben ihm und winkt wie ein Wilder, bis er das Auto nicht mehr sehen kann. Kato winkt nicht, weil er weiß, dass Henny sich niemals umdreht.

»Weg«, sagt Georg.

»Ja, jetzt ist sie weg.«

»Zurück?«

»Nein. Ich glaube nicht, dass sie zurückkommt, Georg.«

Da schlingt Georg seine Arme um ihn und drückt ihn fest an sich. Schweißdunst steigt aus seinem Hemd auf. »Du nicht. Du nicht, Kato!«

»Nein. Ich fahre nicht weg.«

Georg lässt los. »Nein«, sagt er.

Der Anbau ist leer ohne Henny. Sie hat ihre Malutensilien mitgenommen, alle Leinwände und die Staffelei. Aber die Blöcke mit dem Zeichenpapier hat sie dagelassen. Die könnte er ruhig übernehmen, hat sie gesagt. Sie lehnen an der Wand. Rembrandt und Arches. Blöcke mit sehr teurem Papier. Dicke, große Bögen, die nicht so schnell kaputtgehen. Er blättert in dem einen. Sie hat alles herausgerissen, was sie gemalt hat. Nicht eine einzige Skizze hat sie zurückgelassen.

Ihr Geruch hängt noch im Raum. Kato öffnet die Fenster und die Tür sperrangelweit. Zieht das Bettzeug ab und trägt den Flickenteppich nach draußen. Der muss gewaschen werden, auch wenn die Rotweinflecken möglicherweise nicht rausgehen. Jedenfalls versuchen muss er es. Das Deckchen auf der Kommode ist auch schmutzig. Und dann der ganze Müll, den sie zurückgelassen hat. Er sammelt alles in einem schwarzen Müllsack zusammen und wirft die Sachen, die gewaschen werden sollen, auf den Rasen. Dann holt er den Staubsauger aus dem Wohnhaus. Georg sitzt im Wohnzimmer und lacht. Dal hat ihm neue Zeichentrickfilme mitgebracht.

Edmund Dal hat Henny überredet, sich einweisen zu lassen und eine Entziehungskur zu machen. Da fährt er sie jetzt hin. In ein Behandlungsheim in Østland, das *Ragnas Gedächtnis* heißt. Er hat alle Hebel in Bewegung gesetzt und mehrere Tage rumtelefoniert. Aber die längsten Gespräche hat er mit Henny geführt. Und da muss er das eine oder andere gesagt haben. Jedenfalls hat sie plötzlich, im Laufe weniger Stunden, ihre Sachen gepackt und sich, ohne zu murren, ins Auto gesetzt.
Kurz vor der Abfahrt hat Edmund Dal gesagt, dass er Kato fürs Kunstfach an der weiterführenden Schule in Sande angemeldet hat. Wenn Kato dort anfangen möchte. Das muss er selber entscheiden. Und er hat noch Zeit, darüber nachzudenken.

»Nimm dir die Zeit, die du brauchst«, hat Edmund Dal gesagt.
Aber Kato kann im Augenblick nur an Elin denken. Für anderes ist kein Platz in seinem Kopf.

Es sieht gar nicht so übel aus, nachdem er das Zimmer gesaugt hat. Er macht sich mit Scheuermilch über die Rotweinflecken her, aber das bringt nicht viel auf dem hellen Holzboden. Sie werden zwar etwas bleicher, verschwinden aber nicht ganz. Die Arbeit hätte er sich sparen können, den ganzen Holzboden mit Zeitungen auszulegen. Und was soll er mit der Madonna über dem Bett machen? Mit der Kerbe im Rahmen? Das zu reparieren wird teuer.

Er stellt sich ans Fenster. In ein paar Wochen soll der Wohnwagen verschrottet werden. Freuen tut ihn das nicht. Aber dann ist mehr Platz im Garten. Edmund Dal möchte eine wetterfeste Tischtennisplatte aufstellen. Keine schlechte Idee. Damit Georg ein bisschen Bewegung bekommt. Vielleicht trifft er ja sogar hin und wieder den Ball. Er kann ja versuchen, Georg ein bisschen was beizubringen. Wenn er hier wohnen bleibt. Noch hat er sich nicht entschieden.

Auf dem Weg zur Tür bleibt er stehen. Er hat Schritte auf dem Weg gehört. Jemand öffnet das Gartentor. Das Geräusch, das er jetzt hört, das kennt er. Ein Schlappen. Von ihren Schuhen. Den Flip-Flops, die sie dauernd verliert. Sie geht über den Rasen. Die Treppe hoch. Er macht die Augen zu. Öffnet sie wieder, und da steht sie auf der Türschwelle und wippt auf und ab.

»Du reist doch nicht ab?«
»Nein, ich ziehe ein.«
»Ach so.«
Sie sieht erleichtert aus. Er murmelt irgendetwas Schwachsinniges, das sie garantiert nicht versteht. Ist auf einmal wahnsinnig glücklich, weil sie vor ihm steht und sich zu freuen scheint. Allein der Anblick der hässlichen Flip-Flops bringt ihn ganz aus dem Häuschen.
»Danke für die Zeichnung.«
»Hat sie dir gefallen?«
»Ja. Ich habe sie an die Wand gehängt. Ich finde, du hast mich gut getroffen.«

Sie erzählt, dass sie Wasser aus dem Boot geschöpft hat. Und dass der eine Fender ausgetauscht werden muss. Sie redet, als wäre das Boot ein gemeinsames Projekt von ihnen. Die Vorstellung gefällt ihm.
»Ich hatte keine Zeit, es zu leeren.« Er nickt zum Staubsauger und dem Müllsack in der Ecke. »Hier ist viel zu tun.«
»Aber vor dem nächsten Sommer musst du es abschleifen. Und streichen. Du hast ihm noch nicht mal einen Na-

men gegeben. Aber alle Boote müssen einen Namen haben.«
Sie redet schnell. Über einen Namen hat er sich noch gar keine Gedanken gemacht. Er kann schließlich nicht an alles denken.

Aber erzählen kann er. Und er erzählt ihr von Henny. Dass Edmund Dal sie gerade zu einer Therapieklinik fährt. Und dass er hier wohnen bleibt, bei Dal und Georg. Sie unterbricht ihn nicht, hört einfach zu. Er erzählt ihr von der weiterführenden Schule in Sande, wo er zum Herbst anfangen kann. Dass er einen Platz im Kunstzweig bekommen hat.
So leicht ist es also, sich zu entscheiden. Jetzt, wo er es ausgesprochen hat, kommt es ihm ganz logisch vor. Wo sollte er sonst hin? In ein Heim? Alleine in der Stadt wohnen? Obwohl er am liebsten hierbleiben will.
Elin hält das auch für eine gute Idee. Sie wickelt eine Haarsträhne um den Finger und sagt, dass sie das toll findet. Toll auch für Georg. Weil Georg ihn bestimmt schrecklich vermissen würde, wenn er auch abgereist wäre.
»Ich auch, übrigens«, sagt sie und zwirbelt weiter.
Zwischen ihnen ist ein großer Fleck auf dem Boden. Er sieht aus wie eine Rose mit gezackten Blütenblättern.
Sie beugt sich darüber. »Ist das Rotwein?«
»Ja. Ich kriege den Fleck nicht weg.«
»Probier es mit Sauermilch. Die hilft gegen Rotweinflecken. Oder Gallseife.«

Ihre Haarsträhne sieht jetzt aus wie ein Ringelschwanz.
»Ich kann dir helfen, wenn du willst.«
Normalerweise fällt es ihm schwer, Hilfe anzunehmen. Und er hat nicht damit gerechnet, sie noch einmal zu sehen. Aber nun ist sie hier. Er betrachtet ihren Mund. Diesen Mund hat er schon ein paarmal geküsst. Ein unwirklicher Gedanke irgendwie.
»Aber nur, wenn du willst«, fügt sie hinzu.

Er hört, was sie sagt. Er hört auch, dass Georg etwas aus dem Haus ruft. Elin steht in der Tür und wartet. Er steigt über die gezackte Rose und steht endlich vor ihr. Zieht leicht an der Haarsträhne. Findet ihre Hand. Schweißnass. Sie umklammert seinen Finger. Lehnt sich an ihn. Und etwas in ihm fällt an seinen Platz. Er ist ganz ruhig, als er ihr ins Ohr flüstert: »Ja, Elin. Das will ich.«

Geliebter Mörder?
Ein atemlos spannender Thriller

Antonia Michaelis
Der Märchenerzähler
448 Seiten
ISBN 978-3-7891-4289-5

Abel ist ein Außenseiter, ein Schulschwänzer und ein Drogendealer. Wider besseres Wissen verliebt Anna sich rettungslos in ihn. Denn es gibt noch einen anderen Abel: den sanften, traurigen Jungen, der für seine Schwester sorgt und der ein Märchen erzählt, das Anna tief berührt. Doch was, wenn das Märchen gar kein Märchen ist, sondern grausame Wirklichkeit?

Oetinger

Weitere Informationen unter: ***www.oetinger.de***